Un monde sans prisons ?

Albert Jacquard

Un monde sans prisons ?

avec la contribution d'Hélène Amblard

Éditions du Seuil

COLLECTION DIRIGÉE PAR NICOLE VIMARD

EN COUVERTURE : illustration Selçuk

ISBN 2-02-012233-2

Avant-propos

Avoir contact, même sommairement, même superficiellement, avec le monde des prisons, c'est découvrir un univers totalement autre et cependant tout proche, où vivent des hommes et des femmes semblables à moi. Comment accepter sans réagir une société qui croit résoudre ses contradictions en enfermant et surtout en oubliant ceux qui menacent sa quiétude ?

Mis, grâce à quelques détenus et familles de détenus, face à ce problème, j'ai accepté, sans mesurer la difficulté, d'écrire un essai à ce propos. Malgré la documentation accumulée et les témoignages recueillis, j'ai rapidement constaté l'impossibilité de le traiter seul. La lecture d'un entretien entre un juge des enfants, Jean-Marc Heller, et une journaliste, Hélène Amblard, m'a permis de sortir de l'impasse. Ils ont accepté de participer à l'écriture de ce livre avec moi ; le texte résulte d'une réflexion menée en commun à laquelle chacun a apporté son expérience et ses exigences. La convergence n'a pas toujours été facile, des oppositions subsistent. Mais notre ambition n'est pas d'apporter des réponses et des recettes, simplement de contribuer à la remise en question d'une pratique qui, il y a deux siècles, a représenté une avancée incontestable vers plus d'humanité et qui, aujourd'hui, ne peut qu'aggraver les problèmes qu'elle prétend résoudre.

Albert Jacquard.

Introduction

Dans une farce célèbre, le docteur Knock tient un raisonnement imparable : tout homme bien portant est un malade en puissance ; sa santé n'est qu'ignorance des maux à venir. Il est donc nécessaire, au nom d'une politique médicale efficace, de tenir compte des germes en attente d'éclosion et de mettre au lit toute la population, à l'exception des quelques médecins, pharmaciens et infirmiers, nécessaires à la surveillance médicale de ladite population.

Tout citoyen, si tranquille et pacifique soit-il, est un délinquant en puissance. Qui peut être sûr de ne pas, un jour, sous l'empire de la colère, faire un acte inconsidéré, illégal, dangereux ? Une société soucieuse avant tout de sécurité devrait donc mettre préventivement en prison tous les citoyens, à l'exception de quelques juges, gardiens et policiers.

Dans ce domaine comme ailleurs, les raisonnements les plus simples paraissent les plus convaincants. Ne risquent-ils pas d'être les plus faux, les plus dangereux, quand leur simplicité vient de ce qu'ils ne prennent en compte qu'une partie des mécanismes en jeu ?

Essayons de mieux cerner des mots devenus anodins, lourds de sens, capables de tromper à force d'être souvent prononcés : *sécurité*, *propriété*, *ordre*, opposés à *violence*, *agression*, *désordre*.

Pour cela, revenons à quelques aspects premiers : la place des hommes dans la nature ; leur statut particulier d'animaux capables de prendre en charge, individuellement et collectivement, leur destin ; le fondement du concept de justice. Cherchons à définir le rôle de l'organisme mis en place pour assurer le bon fonctionnement d'une société, le système judiciaire. Observons enfin, tel qu'il est, l'outil le plus visible mis à sa disposition pour répondre aux atteintes portées à l'ordre établi, la prison.

Cette institution a une présence si évidente dans notre société que nous ne nous posons plus la question de sa justification.

Il faut se méfier des évidences. Reçues comme le constat d'une réalité qui s'impose hors de toute mise en question, elles ne font souvent que traduire un préjugé accepté par tous, une absence de réflexion. Punition infligée à celui qui n'a pas respecté les règles édictées par la société, l'emprisonnement a connu des formes et des objectifs très divers au cours de l'histoire, en liaison avec l'évolution des systèmes de pouvoir, des systèmes économiques et, plus largement, du regard porté sur les individus. Le rôle que nous lui attribuons aujourd'hui est, en fait, très récent. Si l'emprisonnement dans de sinistres oubliettes est pratiqué depuis longtemps, ce traitement exceptionnel était réservé le plus souvent à ceux qui attendaient l'exécution de la sentence de mort. Ce n'est qu'au XVIIIe siècle que l'emprisonnement deviendra une sanction pénale.

Aujourd'hui, l'emprisonnement joue un rôle central dans le maintien de l'ordre public. On n'imagine guère pouvoir s'en passer. Il est censé permettre à la fois de protéger la société contre ceux qui la mettent en danger ; de punir ceux qui ont commis des actes illégaux ; de remettre dans le « droit chemin » ceux qui s'écartent de la norme et de dissuader du passage à l'acte ceux qui seraient tentés par l'illégalité. Dans nos sociétés confrontées à des problèmes toujours plus complexes et plus insistants, la tentation est grande de recourir à la prison pour les étouffer, à défaut de leur trouver une solution. Le nombre des emprisonnés s'accroît d'année en année. Les prisons sont saturées. Il faut donc en construire de nouvelles. C'est une évidence ; encore une. Mais n'est-ce pas une fausse évidence ?

1

La nature humaine

Plusieurs millions d'espèces vivent aujourd'hui sur la Terre. L'espèce humaine est l'une d'elles. Comme les autres, elle résulte d'une longue évolution commencée il y a plus de 3 milliards d'années. En remontant notre arbre généalogique suffisamment loin dans le passé, nous trouvons des ancêtres dont les descendants sont aujourd'hui des animaux ou des plantes. Comme les chimpanzés, nous descendons de primates qui vivaient il y a 6 millions d'années. Comme les chiens ou les chats, nous provenons d'ancêtres communs qui vivaient voilà 80 millions d'années ; comme les poissons, il y a 370 millions d'années ; comme les fougères, à 500 millions d'années de nous. Nous sommes un élément de cet ensemble fabuleusement divers.

Tous les scientifiques sont maintenant d'accord

sur cette vision récente : elle date d'à peine un siècle et demi et change profondément le regard que nous portons sur nous-mêmes. Quelques esprits lucides et courageux avaient parfois évoqué cette unité du vivant, mais ils se heurtaient à l'opposition de ceux qui préféraient, à l'observation et à l'interprétation rationnelle des faits, la référence à des textes immuables considérés comme sacrés. Les querelles ont été d'autant plus vives qu'il est question de la « nature » de l'homme.

De l'homme dédoublé...

Depuis toujours, à la question « un homme, qu'est-ce donc ? », les philosophes et les théologiens ont répondu en lui attribuant une double nature ; l'une concrète, les cellules, les organes, dont le fonctionnement résulte des lois universelles ; l'autre immatérielle, l'esprit, l'âme, manifestée par le déroulement de la pensée ou les exigences de la conscience. La vie de chaque homme était décrite comme un combat permanent entre ces deux natures : l'une capable de tous les élans, de toutes les compréhensions, de toutes les aspirations, l'autre coupable de toutes les bassesses, de toutes les compromissions, de toutes les concupiscences.

Cette dualité a inspiré la plupart des règles adoptées par les sociétés, pour organiser la vie en commun. Il fallait favoriser tout ce qui vient de l'âme, suspecter tout ce qui vient du corps ; laisser l'esprit s'épanouir dans le respect des règles apprises, enfermer le corps dans le carcan des interdits.

L'enjeu est d'éviter, autant que possible, les conflits ; de les résoudre sans trop de dégâts lorsqu'ils éclatent ; il est surtout de mettre à la raison ceux qui refusent de se soumettre à la loi commune. Pour y parvenir, la société ne peut s'en prendre qu'au corps, car l'âme semble lui échapper. Elle n'hésite donc pas à punir, à torturer, à tuer. Sa bonne conscience est sauve. Elle agit au nom de la justice divine et de l'intérêt commun. Un exemple limite nous est fourni par celui de Simon de Montfort : envoyé par le pape pour extirper l'hérésie cathare du Sud-Ouest de la France, il massacra, en 1209, tous les habitants de Béziers réfugiés dans la cathédrale. Lorsqu'on lui fit remarquer que, parmi eux, se trouvaient beaucoup de bons chrétiens, il répondit : « Peu importe, Dieu reconnaîtra les siens. »

Sans aller à cette extrémité, notre système de punition des coupables est encore marqué par ce découpage de l'homme, par la croyance en sa double nature. Il est possible aujourd'hui de proposer un regard tout différent ; la difficulté est d'en tirer loyalement les conséquences pour les règles de la vie en commun.

En fait, ce regard nouveau met en question les bases mêmes du fonctionnement de nos sociétés. « C'est donc une révolte ? » interrogeait Louis XVI au soir du 14 juillet 1789. « Non, sire, c'est une révolution. » Essayons d'y voir clair.

... à l'homme réunifié

Examiné au microscope optique, l'homme est un animal semblable aux autres. Les cellules de son organisme n'ont rien de spécifique ; ses divers organes fonctionnent exactement comme ceux des autres mammifères ; les substances qu'ils sécrètent ont la même composition.

Le microscope électronique, qui permet des grossissements supérieurs à 50 000, ne révèle que des structures présentes chez d'autres êtres vivants. L'homme est un animal parmi d'autres.

Les procédés d'analyse des chimistes ne montrent en lui que des molécules parfaitement banales. Les atomes qui composent mon corps existaient déjà il y a quelques milliards d'années ;

ils existeront encore dans quelques milliards d'années ; ils participeront à l'existence d'une quelconque poussière, sans être le moins du monde transformés par leur appartenance, bien courte, à mon organisme. Je suis, comme tout ce qui existe dans l'Univers, une « poussière d'étoile ».

Qu'ai-je donc de particulier ?

La société des hommes vient de l'extraordinaire richesse de leur cerveau et de l'intensité des rapports qu'ils ont su établir les uns avec les autres. L'ensemble des hommes, l'humanité, est, de ce fait, l'objet le plus complexe que nous connaissions dans l'Univers.

Il faut introduire ici un concept assez nouveau et un constat, certes banal, mais dont on ne tire pas assez les conséquences.

Le concept est celui de « complexité ». On dit d'une structure constituée d'un ensemble d'éléments qu'elle est complexe lorsque ses éléments sont nombreux, dotés de multiples caractéristiques, classés en diverses catégories, et surtout en relation les uns avec les autres grâce à de subtils rapports d'action et de réaction. Ces rapports les associent en sous-structures intermédiaires. Le changement de l'un provoque une modification d'un autre, qui réagit sur un troisième... Cet ensemble est complexe, dans la mesure où il est unitaire, solidaire, non de la solidarité rigoureuse et univoque des rouages d'une montre qui se commandent en une chaîne de causalité orientée, allant du ressort aux aiguilles, mais d'une solidarité diffuse, faite de boucles, de retours, de bifurcations, d'enchaînements.

Une bactérie est plus « complexe » qu'un cristal. Les atomes du cristal sont certes nombreux, mais leurs liens réciproques relèvent tous du même type ; un choc en un point du cristal provoque des vibrations parfaitement prévisibles. Les atomes de la bactérie sont, au contraire, de types très variés ; certains s'associent pour réaliser des sous-structures ayant des fonctions multiples, contribuant au métabolisme global. L'enchevêtrement des causes y est si imbriqué que, pour une part importante, il est impossible de prévoir les conséquences d'un apport extérieur.

Après le concept, le constat : les propriétés d'un ensemble ne sont ni la somme ni la moyenne des propriétés de ses éléments.

Notre mode de raisonnement, déformé par l'usage excessif de l'opération arithmétique qu'est l'addition, a bien du mal à admettre cette évidence quotidienne. Nous sommes tentés d'entendre « plus » alors que l'on nous dit « et ». Ainsi, la fameuse phrase présentée comme le prototype de l'évidence « deux et deux font quatre » est en réalité une aberration. Oui « deux *plus* deux » font bien quatre, mais « deux *et* deux » donnent un résultat qui dépend du rapport entre ces deux nombres, rapport impliqué par le « et ». Dans la nature comme dans les sociétés, les interactions peuvent rarement être représentées par une addition. Mettez ensemble quelques dizaines de personnes parfaitement pacifiques ; elles forment une multitude capable de tous les débordements. Les caractéristiques de cette foule lui sont propres ; même si l'on connaît chacune des personnes qui la constituent, elles sont imprévisibles. Mettez ensemble des atomes de chlore et des atomes de sodium ; vous obtenez du chlorure de sodium, c'est-à-dire du sel de table. Substance parfaitement inoffensive dont les deux constituants, le chlore et le sodium, sont des produits hautement dangereux, l'un toxique, l'autre explosif.

L'humanité représente un ensemble composé aujourd'hui de cinq milliards d'hommes. Si ces hommes étaient seulement les uns à côté des autres, comme des objets qui s'additionnent, cette accumulation ne serait guère « complexe ». Mais si les hommes créent entre eux de multiples interactions, s'ils échangent des informations, s'ils mettent en commun angoisses et espoirs, cette humanité atteint une complexité que n'approche aucune autre structure existant à notre connaissance. Les pouvoirs de cet ensemble hypercomplexe ne peuvent être déduits des pouvoirs des hommes qui le composent ; ils sont le fruit de leur interaction, non de leur addition.

L'humanité a le pouvoir inattendu de faire émerger une personne là où la nature avait réalisé un organisme. Entouré par ceux qui s'adressent à lui, le petit d'homme prend peu à peu conscience de lui-même. Au départ, son « moi-tout » inclut la totalité de ce qu'il découvre autour de lui ; grâce aux liens qui se créent avec ce monde extérieur, il s'en différencie. Singulièrement, il devient autonome grâce aux autres hommes. Ils lui disent « tu »; il est un jour capable de dire « je ».

Chaque homme a, dans cette vision de sa genèse personnelle, non pas deux *natures*, l'une concrète, l'autre immatérielle, mais deux *sources*, l'une biologique, l'autre sociale.

Grâce au patrimoine génétique apporté par un ovule et un spermatozoïde, un organisme s'est construit. Toutes les informations nécessaires pour mettre en place ses organes, produire les substances intervenant dans les innombrables métabolismes, orchestrer les premières phases de son développement, ont été apportées par les chromosomes qui se sont associés lors de sa conception.

Parmi les organes mis en place par cette source biologique, l'un n'est qu'un potentiel initialement incapable de fonctionner, le cerveau. On peut le comparer à un labyrinthe comportant un million de milliards de portes. Pour que ce labyrinthe soit structuré en circuits, en réseaux, chaque porte doit être ouverte ou fermée. Cette mise en place suppose un million de milliards de décisions, l'équivalent du nombre de secondes écoulées au cours de trente millions d'années. La structuration du cerveau serait une tâche impossible en la durée d'une vie sans l'apport des autres hommes. Seconde source de cette construction, la communication avec l'entourage représente donc le processus essentiel de la structuration du cerveau de chacun. Cette deuxième source est indispensable pour réaliser le potentiel fourni par la première : une caractéristique propre à notre espèce qui lui assure un statut particulier. L'humanité n'en reste pas moins l'un des « objets » sécrétés par l'Univers.

Une longue histoire

Notre état actuel résulte d'un cheminement ouvert par le Big Bang, cette fabuleuse explosion présentée comme l'origine de l'Univers. Depuis, quinze milliards d'années se sont écoulés. A chaque instant, les éléments dont il est fait agissent les uns sur les autres en fonction des quatre « forces » à l'œuvre : attraction gravitationnelle, forces électromagnétiques, force nucléaire faible, force nucléaire forte. Les intensités relatives de ces quatre interactions font de leur résultante globale une complexification croissante.

Chaque fois que se réalise une structure un peu complexe, elle est prête pour une complexification nouvelle. Mais les objets ainsi créés sont condamnés à disparaître un jour. Avec eux s'anéantissent les pouvoirs dont ils étaient dotés ; tout est à recommencer. Le mouvement vers la complexité semble, un peu partout dans l'Univers, n'avoir guère progressé.

Sur notre petite planète, une série de conditions favorables a permis une accélération de ce mouvement. L'eau à l'état liquide a constitué une première couche protectrice, les océans. Les gaz vomis par les volcans, lors du refroidissement initial, en ont fourni une deuxième, l'atmosphère. Le champ magnétique qui nous entoure, une troisième, les ceintures de Van Allen qui arrêtent les particules venant de l'espace. A l'abri de ces trois couches, des structures matérielles ont pu être réalisées à la surface de la Terre sans être trop rapidement détruites.

Mais surtout, deux événements ont précipité le mouvement vers la complexité. Le premier a été l'apparition des molécules d'ADN. Ces molécules disposent d'un pouvoir unique : faire un double d'elles-mêmes. Grâce à ce pouvoir de reproduction, elles ne laissent jamais détruire l'information dont elles sont porteuses. Cette immortalité a permis à la famille des molécules d'ADN d'accumuler des pouvoirs. Elles ont géré la réalisation de protéines qui se sont accumulées autour du « double brin » d'ADN ; les protéines ont réagi les unes face aux autres, faisant apparaître des pouvoirs si nouveaux que l'on qualifie ces ensembles de « vivants ». En fait, ils sont soumis aux mêmes lois que les objets qualifiés d'« inanimés »; mais leur hypercomplexité leur donne des possibilités de réactions étonnantes, au point de nous faire inventer à leur propos le concept de « vie ».

La capacité de se reproduire est importante, mais si la reproduction fait du nombre, elle n'apporte aucune novation. Les êtres qui l'utilisent sont condamnés à l'uniformité. Rien n'est inédit ; tout est déjà vu. Les seules innovations sont fournies par les rares erreurs commises lors de la duplication des molécules d'ADN.

Les choses n'auraient guère changé sur notre planète, sans un second tournant, plus décisif encore, survenu il y a sans doute moins de un milliard d'années : le remplacement, chez certains êtres vivants, de la reproduction par la procréation. Le passage du schéma « un devient deux » au schéma « deux produisent un » représente une révolution qui bouleverse le cours des événements. Car ce processus a pour résultat de produire un objet chaque fois nouveau, imprévisible, inattendu, unique.

La procréation, c'est du neuf en routine. Ce mécanisme n'est possible qu'en raison de la double commande de chaque caractéristique. Pour chaque fonction, chaque être reçoit non pas une, mais deux informations. Ainsi, pour le système sanguin bien connu, ABO, nous recevons deux « gènes », par exemple A et O. Pour faire un enfant, chacun des deux géniteurs envoie une seule des deux informations qu'il possède (un seul de ses deux gènes). Pourquoi celle-ci plutôt que celle-là ? Tout se passe comme si l'information transmise était tirée au sort. Le résultat dépend donc d'innombrables loteries. Le nombre des combinaisons possibles supprime toute chance qu'une même combinaison apparaisse deux fois. Tout être procréé est unique.

Munis d'une baguette magique aussi efficace, nos lointains ancêtres ont pu explorer toutes les possibilités offertes par la planète. D'abord confinés dans les océans, ils ont été un jour capables de quitter ce milieu si bien protégé, et de partir à la conquête des terres émergées. D'autres ont eu le pouvoir de voler. L'histoire des espèces est celle d'une diversification permanente. Elle raconte l'exploration de nouvelles voies par des individus ayant, par chance, des caractéristiques que d'autres ne possédaient pas.

Des handicaps surmontés

Ne nous leurrons pas, ces explorateurs de l'inédit n'étaient nullement en leur temps des héros admirés, mais plutôt des impotents, incapables de se comporter comme les êtres « normaux ». Ce que nous reconnaissons aujourd'hui, après coup, comme des bonds en avant décisifs, a été le fruit d'efforts victorieux, de succès souvent inespérés permettant de surmonter des handicaps. Le meilleur exemple est celui de ce primate étrange contraint, par la conformation de son squelette, de marcher sur ses deux pattes arrière. Une telle position lui permet, certes, de marcher sur de plus longues distances que les primates « normaux »; mais quel avantage tirer de cette particularité dans la forêt équatoriale africaine, où le meilleur moyen pour aller d'un point à un autre est de passer d'une branche à l'autre ? Pendant plusieurs millions d'années, *Homo* a donc été un handicapé. Un changement de climat a rendu la savane, jusque-là très sèche, plus accueillante. Il en a fait son domaine, loin de ses cousins chimpanzés.

Dans cet environnement devenu hospitalier, sa station debout était un avantage. Il a pu tirer parti d'une autre caractéristique, la richesse de son système nerveux central démesurément hypertrophié. Quelques mutations ont mis à mal le mécanisme de régulation de la production, au cours de la croissance fœtale, des cellules du cerveau. Alors qu'un primate normal construit un cerveau comportant cinq milliards de neurones, *Homo* en met en place vingt fois plus. D'où la nécessité de naître bien avant de disposer d'un minimum d'autonomie, car le bassin des mères est étroit. Une fois surmonté, ce handicap est devenu la chance de l'espèce. Après la naissance, la construction du système nerveux central se poursuit par la réalisation de connexions entre les neurones ; il s'en met en place, en moyenne, de l'ordre de dix mille par cellule. Ainsi se réalise le labyrinthe au million de milliards de portes que nous avons évoqué.

Tout au long des quinze milliards d'années de cette longue histoire, la direction est restée la même, comme si un cap avait été fixé : aller vers toujours plus de complexité. Finalement, le chef-d'œuvre apparaît : une structure matérielle comportant un nombre fabuleux d'éléments agissant les uns sur les autres, un cerveau humain.

Une étape supplémentaire pouvait alors être franchie, non par le jeu des lois naturelles, mais par l'intervention des hommes. Leur niveau de complexité les distingue au moins autant des animaux les plus semblables que leur complexité séparait les bactéries du cristal. Les pouvoirs dont ils disposent diffèrent donc plus encore de ceux de leurs cousins primates que les pouvoirs des bactéries diffèrent de ceux du cristal. Des seuils sont franchis. Ils sont si évidents dans le cas des bactéries que l'on a imaginé à leur propos le concept d'apparition de la vie. Dans le cas des hommes, on a évoqué l'apparition de l'esprit, le don de l'âme par Dieu ; on parle plus volontiers aujourd'hui d'intelligence. Ces termes sont bien ambigus. Contentons-nous d'un constat : les hommes ont eu le pouvoir de réaliser entre eux un réseau de communication tel que leur ensemble a pu constituer un tout intégré, plus complexe que chacun d'eux, doté, par conséquent, de pouvoirs qu'aucun d'eux ne possède, mais auquel chacun participe.

Cette étape supplémentaire a été le fruit d'un processus bien différent du processus naturel. Elle a pourtant poursuivi le même élan. Faisant de l'homme un être social, cette nouvelle étape n'a pas apporté de discontinuité dans la dynamique de la vie. Comme tout élément d'un ensemble, un homme ne peut être décrit qu'en tenant compte à la fois de ce qui le constitue et de l'ensemble auquel il appartient ; ces deux « sources » que nous avons évoquées.

Un problème mal posé : l'« inné » et l'« acquis »

Classiquement, cette dualité des apports est présentée en opposant l'« inné » et l'« acquis ». D'une part, ce que chacun a reçu lors de sa conception, de l'autre, ce qu'il a accumulé au cours de son existence. Comme si ce questionnement était imposé par la logique, on s'efforce ensuite de préciser les « parts » de ces deux sources. Qui n'a pas lu, par exemple, que le niveau intellectuel dépendait pour 80 % de l'inné et pour 20 % de l'acquis ? La présence de nombres donne à ces affirmations une apparence de sérieux. En réalité, elle masque une erreur conceptuelle. Pour qu'il y ait « parts », il faudrait que ces deux sources « ajoutent » leurs effets ; de toute évidence, elles sont en interaction. Chez la personne adulte, leur effet conjoint se manifeste sans que, sauf cas particulier, l'on puisse situer la cause de tel aboutissement dans l'inné ou dans l'acquis. Dans une usine qui fabriquerait du chlorure de sodium à partir des deux éléments constitutifs, imaginerait-on de demander si la qualité du produit obtenu dépend plus du sodium ou plus du chlore ?

Dans le prolongement de cette erreur logique a été développée la théorie des « dons » : chaque personne serait le produit des dons qu'elle a reçus au départ. Certaines, par chance, en auraient reçu beaucoup, les « surdouées »; d'autres beaucoup moins, les « sous-douées ». Il ne s'agit pas de s'opposer à cette description au nom d'une idéologie égalitariste admise *a priori*. Ce que nous savons de la genèse de chacun dément une telle croyance.

Certains d'entre nous ont reçu des gènes qui ont fait d'eux des êtres longilignes, aux réflexes rapides ; ils sont plus « doués » pour le saut en hauteur ou pour le basket-ball que les êtres petits, râblés et lents, qui trouveront leurs chances dans d'autres disciplines. Il s'agit là de traits physiques liés sans aucun doute, de façon étroite, au patrimoine génétique. Le raisonnement est tout autre si l'on s'intéresse à des traits de la personnalité, à des caractéristiques de l'activité intellectuelle.

Ces traits, ces caractéristiques sont la manifestation apparente du fonctionnement de l'organe le plus complexe qui soit, le système nerveux central. Nous l'avons vu, cet organe est, à la naissance, en un état embryonnaire. Au cours des premières années de vie, se met en place l'ensemble des connexions entre neurones, les synapses ; et ces synapses se spécialisent tout au long de la vie de façon à créer des circuits, supports de ce que nous désignons par le mot « intelligence ».

Il arrive que des gènes déficients entraînent une malfaçon dans la réalisation des neurones ou des multiples substances qui interviennent dans les communications entre eux. On connaît même des gènes qui provoquent une destruction complète de tout le système nerveux central. Les enfants dotés de tels gènes sont condamnés à ne développer qu'une intelligence fort limitée ou nulle. On peut considérer que ce sont là des « dons » négatifs de la nature. Mais peut-on, symétriquement, imaginer des dons positifs, des gènes qui apporteraient par leur seule présence une activité intellectuelle supérieure ?

Il n'est pas impossible que de tels gènes existent. Nous n'en connaissons aucun. La famille Bach, si riche en musiciens, n'apporte en rien la preuve de la transmission de cette aptitude par le patrimoine génétique. Le rôle de l'éducation a plus probablement été déterminant. De nombreux contre-exemples sont fournis par les enfants de musiciens géniaux qui n'ont pu atteindre la réussite éclatante de leur géniteur (ainsi, le fils de Mozart). Il en est de même pour les mathématiciens.

Ces caractéristiques considérées comme positives sont de définition trop arbitraire, trop floue, trop partielle pour qu'il soit pratiquement possible d'en préciser le mode de transmission. Les seules recherches ayant une chance d'aboutir à des conclusions sérieuses concernent des traits décrits assez précisément pour être catalogués par les psychologues ou les psychiatres. Malgré des efforts considérables, de telles conclusions n'ont pu être obtenues jusqu'à présent. La psychose maniaco-dépressive, qui se manifeste par des alternances d'hyperactivité et de dépression, affecte, en Europe, environ 1 % des hommes et 2 % des femmes. Sa propension à apparaître plus fréquemment dans certaines familles a suggéré depuis longtemps l'idée qu'elle avait une transmission génétique, hypothèse rendue plus plausible encore par la possibilité d'améliorer l'état des personnes atteintes grâce à des ingestions de sels de lithium.

Malgré de nombreux travaux, aucune conclusion claire n'est encore apparue. Certains chercheurs ont cru pouvoir affirmer que ce trait était dû à un gène dominant situé sur le chromosome X. On le sait, ce chromosome est présent en deux exemplaires dans le patrimoine génétique des femmes, et en un seul dans celui des hommes ; on expliquerait ainsi que les femmes soient deux fois plus souvent affectées. Mais les recherches ultérieures sont venues mettre ce résultat en doute.

La schizophrénie, qui touche, en Europe et en Amérique du Nord, 1 % des hommes et des femmes, à égalité, a fait également l'objet de multiples recherches. L'existence d'un facteur génétique peut sembler prouvée par l'importance des couples homogènes chez les vrais jumeaux (jumeaux ayant reçu des patrimoines génétiques identiques) : si l'un est schizophrène, la probabilité de l'être également est pour l'autre de 58 %, alors qu'elle n'est que de 12 % dans le cas de faux jumeaux de même sexe. Mais, d'une étude à l'autre, ce pourcentage varie beaucoup, et la difficulté de rassembler des données sur un nombre élevé de vrais jumeaux anéantit la fiabilité des conclusions. D'autre part, le nombre d'enfants procréés par des schizophrènes est nettement inférieur à la moyenne ; comment le ou les gènes responsables, s'ils existent, pourraient-ils se maintenir avec une fréquence si élevée dans les populations ? Aucune théorie ne fait aujourd'hui l'unanimité.

Le chromosome du crime

La société serait plus efficacement défendue si les criminels pouvaient être identifiés avant de commettre leur crime. Il suffirait pour cela de connaître les caractéristiques physiques liées à une « nature » prédisposée au crime. Ce rêve déjà ancien a provoqué, au cours du XIXe siècle, des travaux qui se présentaient comme scientifiques.

Le pionnier en ce domaine a été le psychiatre italien Cesare Lombroso. Son ouvrage principal, *L'Homme délinquant*, paru en 1876, prétend que la plupart des criminels sont nés avec une nature de criminel : leur comportement n'est que la conséquence de cet « atavisme ». A l'époque, les mécanismes de l'hérédité restaient mystérieux ; personne ne connaissait les découvertes de Mendel. Pour fonder sa théorie, Lombroso affirma que les criminels sont reconnaissables à certains traits physiques particuliers. Le simple examen de la forme du crâne ou de la posture d'un individu suffirait à le ranger dans la catégorie des « criminels-nés ». On imagine les conséquences possibles d'une telle théorie dans une société obsédée de sécurité.

Si de telles vues sont aujourd'hui totalement abandonnées, la recherche d'un déterminisme « naturel » du comportement criminel ne l'est pas. Elle retrouvait même de l'actualité, il y a une vingtaine d'années, lorsque l'on crut avoir découvert le « chromosome du crime ».

Un jeune Américain, pris d'une frénésie meurtrière, avait assassiné, en une nuit, plusieurs infirmières. Il allait être condamné à la peine capitale lorsque son avocat eut l'idée de faire établir son caryotype, c'est-à-dire la photographie de ses chromosomes. On découvrit qu'au lieu de posséder un chromosome Y, comme tout individu mâle, il en possédait deux. Il fut facile de plaider que son comportement avait été la conséquence de cette anomalie. Il sauva sa tête.

Intrigués, certains chercheurs entreprirent une enquête dans les prisons et établirent le caryotype de nombreux condamnés. On constata une proportion très élevée d'individus dotés de deux chromosomes Y, largement supérieure à ce que l'on attendait. Des articles annonçant cette découverte eurent aussitôt un grand retentissement. On tenait enfin la preuve que le comportement criminel était lié à une réalité biologique ; le chromosome Y portait un ou plusieurs gènes déterminant un comportement criminel : on allait enfin pouvoir isoler les criminels potentiels. La société pourrait prouver en ce domaine sa capacité de prévention ; comprenant les mécanismes les plus secrets, elle espérait mettre en place un système rigoureux d'élimination du crime.

Par la suite, des observations plus sérieuses, portant sur un plus grand nombre de cas, s'efforçant surtout de ne pas introduire de biais statistiques, aboutissaient à des conclusions bien différentes. Lorsque l'on compare les proportions d'hommes porteurs d'un double chromosome Y dans une population de délinquants et dans une population témoin, aucun écart significatif n'est constaté. Cependant, les articles rétablissant la vérité ont eu un retentissement moindre que ceux qui avaient ouvert le débat, présentés comme un « scoop » rassurant.

Dans la mémoire collective persiste l'idée d'un déterminisme génétique du comportement criminel « scientifiquement » prouvé.

Génétique et fatalité

Qu'ils soient favorables ou défavorables, l'erreur initiale de la théorie de « dons » est la croyance en un déterminisme simple associant le patrimoine génétique et l'éducation reçue (l'inné et l'acquis) à la manifestation de tel trait de caractère.

Certes, de tels déterminismes se manifestent ; ils expliquent de nombreuses maladies : les enfants ayant reçu deux gènes de la mucoviscidose développent nécessairement tous les symptômes de cette maladie. La fatalité, dans ce cas, est absolue.

Mais cette fatalité n'est probablement que provisoire. Une autre maladie, la phénylcétonurie, est provoquée, elle aussi, par la présence simultanée de deux gènes délétères venant du père et de la mère. Il y a une trentaine d'années, les enfants dotés de ces deux gènes subissaient la dégradation inexorable de leur système nerveux central. Ils mouraient vers six ou sept ans. Le déterminisme reliant les causes aux effets, les gènes à la maladie et à la mort, était rigoureux. Mais ce mécanisme a été si bien analysé qu'il a été possible de trouver une parade ; un régime alimentaire approprié permet aujourd'hui de supprimer les conséquences des métabolismes anormaux dus à ces gènes. L'enfant n'est nullement malade. Ce qui était « fatal » était la mise en place de métabolismes défectueux, non la maladie.

Un trait génétiquement déterminé n'est fatal que si l'enchaînement des causes et des effets est très court. Tel est le cas pour les systèmes sanguins ou la couleur de la peau. Le gène du groupe A ou du groupe B induit très directement la synthèse des substances détectées sur les globules rouges du sang qui définissent le groupe de l'individu. On imagine difficilement intervenir sur ce mécanisme pour empêcher une personne ayant reçu le gène A de manifester sa présence.

En revanche, dès que cet enchaînement est un peu complexe, dès qu'il met en jeu plusieurs causes, une action peut être imaginée pour détourner le cours de la fatalité. Cela est vrai pour certains traits physiologiques, comme les maladies dues à une erreur du métabolisme ; combien plus vrai encore pour les traits du caractère. On classifie volontiers les personnes qui nous entourent selon leur « tempérament » : nerveux, sanguin, colérique, apathique... La façon même dont les événements et faits divers sont rapportés classe les protagonistes dans une catégorie. Le suspect arrêté par la police est dépeint comme agressif, sournois, ou violent, description qui alimente et oriente le jugement porté sur son acte.

De tels termes accréditent l'idée que ces traits leur ont été attribués par la nature. En fait, ils résultent d'une interaction entre de multiples facteurs, dont certains dépendent directement des gènes reçus lors de la conception, d'autres de tous les événements vécus depuis. Quant à l'acte commis ou suspecté, il fait partie d'un réseau de causes enchevêtrées dont la source naturelle n'est qu'un élément souvent dérisoire.

Finalement, la notion apparemment si évidente de « nature humaine » devient inconsistante dès qu'on l'analyse. L'homme, fruit de la nature, a échappé à la nature. Ramener sa description à ce que la nature lui a donné, c'est évoquer un tableau en énumérant les couleurs employées par le peintre. L'essentiel de chaque homme est ce qu'il fait de lui-même.

Les diverses sociétés ne sont pas l'aboutissement provisoire d'enchaînements nécessaires. Le parcours ne pouvait être prévu, même en connaissant parfaitement le patrimoine génétique collectif et les conditions imposées par le milieu. Preuve en est l'extraordinaire variété des réponses données à la question que toutes les sociétés posent dans les mêmes termes : « comment vivre ensemble ? ». Les unes ont mis en place des mécanismes de coercition, de soumission, d'exclusion ; d'autres ont favorisé la tolérance, l'écoute, le respect. L'humanité, telle que nous la voyons aujourd'hui, résulte d'une histoire dont certaines directions ont certes été imposées par les contraintes externes, mais, pour l'essentiel, cette histoire a été construite par les hommes eux-mêmes. L'histoire humaine est une « auto-construction ».

De même, chaque individu, au confluent d'une source génétique et d'une source sociale, acquiert une complexité telle que son devenir est imprévisible. Il n'est pas le simple produit de ce qu'il reçoit ; il a la capacité d'intervenir dans le déroulement de sa propre réalisation ; il s'« auto-construit ».

L'essentiel de ce que la nature a apporté à chaque homme est le pouvoir de dépasser sa nature ; de ne pas se contenter de subir les conséquences de ce qu'il a reçu. L'essentiel de sa vie est consacré à devenir ce qu'il choisit d'être.

2

Théocratie ou démocratie

La réflexion scientifique actuelle conduit à définir l'homme comme « un animal qui reçoit individuellement le pouvoir de s'attribuer collectivement des pouvoirs ». Cherchons à préciser certaines des conséquences d'une telle définition.

L'être humain est un *individu* qui reçoit, par la fusion d'un ovule et d'un spermatozoïde, les recettes lui permettant de développer divers organes ; par exemple, ses cordes vocales. Le mécanisme par lequel a été constitué le patrimoine génétique de chacun comporte une loterie au résultat aléatoire ; le nombre des combinaisons possibles entre les gènes des deux parents, fabuleusement grand, fait de chaque patrimoine une donnée unique et permet d'identifier chaque individu.

Mais c'est une *collectivité* qui apporte à cet individu les recettes grâce auxquelles il utilisera efficacement certains de ces organes. Il transformera, par exemple, en un langage les sons émis par les cordes vocales. La collectivité humaine n'a d'existence réelle que par la participation des individus qui la constituent ; chacun y reçoit et y apporte ; elle est une cité, il est un *citoyen*.

Le plus décisif des pouvoirs que l'homme s'est attribué est sa capacité à poser des questions. Pour les animaux, seuls existent des faits. Pour les hommes, ces faits deviennent des sources d'interrogations.

Pourquoi, comment tels événements se produisent-ils ? La science peu à peu apporte quelques réponses. Mais, elle en est consciente, son cheminement ne fait qu'élargir le champ des questions. Or il est tentant d'obtenir des réponses globales, absolues, définitives.

Nous vivons dans le limité, le provisoire ; la réponse d'aujourd'hui efface celle d'hier. L'observation et la réflexion ne peuvent fournir de réponses englobant la totalité de l'interrogation. De telles réponses ne pourraient avoir de fondement qu'en une « révélation », une foi en un principe extérieur à la réalité tangible. Pour assurer sa continuité, alors que notre vision du réel est le résultat d'un choix de valeurs nécessairement éphémère, cette foi s'incarne en un mythe fondateur, en une religion ou en une Église. Les questions essentielles trouvent leur réponse à partir d'un principe divin, sur lequel se greffent une vision du monde et une norme. D'un groupe humain à l'autre, ou à l'intérieur d'un même groupe, les certitudes diffèrent selon les individus et, plus encore, selon les Églises. En leur nom, les hommes, les sociétés se sont opposés et combattus, avec la pire violence, dans le plus durable acharnement.

Au terme d'expériences souvent dramatiques, de nombreuses sociétés ont reconnu la nécessité d'une séparation rigoureuse entre le pouvoir des structures civiles, dont l'ensemble constitue l'État, et celui des structures ecclésiales. Notre société a affirmé la *laïcité* de l'État et s'est fondée sur ce principe.

Ces trois termes, identité, citoyenneté, laïcité, sont ainsi étroitement liés ; chacun est incompréhensible, ou dénaturé, s'il est séparé des deux autres.

Identité et citoyen

La définition proposée pour l'homme amène non pas à opposer individu et collectivité, ou identité et citoyenneté, comme nos schémas habituels nous y poussent bien souvent, mais à constater qu'individu et collectivité, identité et citoyenneté sont deux éléments indissociables d'un processus en mouvement. Dans une réaction chimique, personne ne pose la question de savoir si l'énergie est produite par l'un ou par l'autre des éléments en présence ; elle résulte de leur interaction. De même l'individu devient peu à peu réalité autonome grâce aux apports de ceux qui l'entourent, de même la collectivité n'a d'existence concrète que par la participation des individus. La marque suprême de l'identification individuelle est la capacité à dire « je ». Mais d'où vient ce « je », sinon des « tu » entendus ? Et ces « tu » ont ce merveilleux pouvoir de me faire naître à moi-même parce qu'ils m'invitent à la vie sociale. Au-delà de l'amour qu'ils me témoignent, je sais que je suis déjà considéré comme un membre de la cité, destiné à y tenir une place de citoyen.

Celui qu'aucun groupe ne considère comme l'un de ses membres, ne fût-ce que sa propre famille, ne pourra développer son « je », fonder son identité.

Les Gaulois, paraît-il, infligeaient à ceux qui avaient commis les pires crimes non pas la peine de mort (par quelle aberration peut-on ravaler la mort au rang d'une peine ?), mais le rejet hors du groupe. Personne ne s'adressait plus au coupable ; il avait perdu, à la fois, citoyenneté et identité.

Une fois son identité établie, il est certes possible à chacun de délimiter la « cité » à laquelle il estime appartenir. Pour les uns, elle s'étend à la totalité des humains ; pour d'autres, elle se limite à leur nation, à leur village, à leur famille, à leur personne. Dans ce dernier cas, l'individu refuse toute réciprocité ; il se choisit cendre du feu qui se propage d'homme à homme.

La participation à l'aventure collective peut prendre la forme d'une contestation de la direction suivie par la société. Le refus des idées reçues, des opinions trop facilement admises, des « consensus » passifs est une manière de prendre part à la vie du groupe. Face à l'évidence d'une perversité, face à une situation insupportable, quand les hommes sont méprisés, laminés, exclus, il faut dire non, imposer le changement, proposer autre chose. Au départ, on tâtonne, on bafouille, on discute, on se passionne, on « mord », mais, pour finir, on invente et on trouve. C'est ce qui donne vie à une société.

Il ne s'agit pas d'un égoïsme dommageable pour tous, mais d'un sursaut qui intensifie l'identité et, du même mouvement, enrichit la citoyenneté. Ainsi, un jour de printemps de l'an 1206, le fils du plus riche drapier d'Assise, révolté par l'excès d'injustice, se dépouilla de tous ses vêtements sur la grand-place d'Assise et quitta la ville. Après un temps de stupeur, cette action a finalement provoqué un renouveau de la chrétienté.

Citoyen et société laïque

L'organisation de la cité nécessite la répartition des tâches. Certaines impliquent de plus lourdes responsabilités. Ces responsabilités, liées aux fonctions, entraînent l'attribution de pouvoirs à quelques personnes ou à quelques groupes. Comment justifier ces pouvoirs ? Et surtout, comment contrôler qu'ils sont exercés pour le bien de la collectivité ? A l'origine, la seule justification de la prépondérance d'un individu était probablement sa force. Le mâle le plus puissant règne sur la tribu et la protège. Il impose ses décisions par l'intimidation.

Les hommes appartiennent à une espèce dont la particularité est de transformer chaque fait en source d'interrogation. Le plus souvent incapables d'apporter des réponses aux questions essentielles : « Qu'est-ce que la mort ? D'où viennent les étoiles ? Pourquoi suis-je né ? », ils cherchent à échapper à l'angoisse de l'inconnu en cherchant un principe absolu. Ils écoutent ceux qui leur semblent détenir « la » réponse. Pour conforter leur audience, certains affirment avoir bénéficié d'une révélation les mettant en contact direct avec les mystères de l'Univers. La tentation est grande pour ces « élus » d'abuser du pouvoir que leur confie ce prétendu savoir. Il ne s'agit plus seulement d'être le plus fort, mais d'être reconnu comme le porte-parole d'une force ou d'un être plus puissant que tous les hommes, car hors du réel accessible.

Les théocraties ou, plus généralement, les sociétés où le pouvoir est dévolu à une hiérarchie religieuse ne sont guère différentes dans leur essence des sociétés où ce pouvoir est entre les mains du personnage ou du groupe reconnu comme le plus fort. Simplement, la source de l'intimidation n'est pas la force brutale ouvertement manifestée, mais l'évocation de puissances occultes éventuellement maléfiques.

L'opposition principale entre ces régimes est la précarité des premiers, la stabilité des seconds. Celui qui intimide par sa force, un jour, vieillit, s'affaiblit. Il meurt ; il est éliminé. Un autre le remplace. La théocratie, au contraire, s'installe dans la durée. Du moins tant que les détenteurs du pouvoir peuvent convaincre le peuple de la source divine et implacable de leur autorité.

Dans l'un et l'autre cas, l'individu ordinaire ne peut qu'être soumis à des règles décidées par d'autres ; il habite dans la cité, il y travaille, il y consomme, mais il participe passivement à son fonctionnement. Semblable au carburant mis dans le moteur, il n'est qu'un objet dont la raison contribue par ses actes « conformes » à la pérennité de l'ordre établi. Pour lui, le terme de « citoyen » n'a aucun contenu.

Après bien des tâtonnements, certaines sociétés ont imaginé des organisations où le pouvoir exercé sur les membres du groupe n'a d'autre source reconnue qu'eux-mêmes. Les individus délèguent à certains d'entre eux la responsabilité des choix essentiels. Les décisions sont prises au nom de tous et de chacun. Tous sont à la fois auteurs et destinataires des mécanismes régulant le fonctionnement de la cité ; ils sont réellement des « citoyens ».

A vrai dire, la mise au point des méthodes permettant cette régulation est fort difficile. Après de nombreux siècles d'expériences diverses, la démocratie parfaite n'a encore été installée durablement nulle part. Des avancées ont cependant permis de dégager quelques règles. La principale est sans doute la nécessité de la laïcité : c'est au nom des hommes, de leurs besoins, de leurs espoirs que les décisions sont prises ; non au nom de préceptes issus d'une révélation extérieure.

La foi, par définition, concerne un au-delà de l'Univers ; elle s'intéresse à ce qui est extérieur à l'espace et au temps ; elle ne s'occupe en rien des détails pratiques de la vie d'ici-bas. Les religions, structures utilisées par les hommes pour organiser et manifester leur foi, tiennent nécessairement compte des contraintes matérielles, concrètes, de la condition humaine. Elles savent adapter leurs objectifs spirituels aux limites imposées par la réalité ; elles se doivent d'admettre que l'organisation sociale adoptée par le peuple est une de ces limites, et la respecter.

Préserver la laïcité de l'État et, du même effort, donner un contenu au mot « citoyen » n'est pas seulement contenir les religions à leur juste place dans l'organisation sociale ; c'est aussi lutter contre l'emprise de certaines obsessions collectives, idolâtries tenant lieu de religions, sans la référence à une foi.

Ainsi voit-on se développer dans notre société le culte du profit, le culte de la réussite, le culte de la compétition. Présenter aux jeunes Français l'opération publicitaire du rallye Paris-Dakar comme une exaltante aventure, c'est prêcher la religion de la domination du riche sur le pauvre, du rapide sur le lent, de l'Européen sur l'Africain, du Blanc sur le Noir. Le rôle d'un État véritablement laïc serait non pas d'interdire ce genre d'activité, mais d'en présenter, notamment à l'école, la véritable nature.

La laïcité ainsi comprise n'est pas un « truc » plus ou moins efficace permettant de résoudre certains problèmes de la vie des sociétés. Elle est la conclusion nécessaire d'un cheminement rigoureux dont le point de départ peut être une foi. Ce peut être aussi un choix, le choix de l'homme : un choix qui passe par le respect de chacun par chacun.

Société laïque et personne humaine

Choisir l'homme, c'est croire en tout homme, lui, toi, moi.

Aragon a évoqué « celui qui croyait au ciel et celui qui n'y croyait pas », combattant côte à côte, quand il fallut se battre contre la barbarie nazie.

Pour parachever le long cheminement de leur propre construction, beaucoup d'hommes se réfèrent à une transcendance. Ils ne se sentent hommes que sous le regard de Dieu, seul capable de les identifier, seul capable de répondre à leurs questions, à leur besoin d'absolu, à leur vertige devant l'immensité des questions liées à leur vie.

D'autres voient dans cette attitude une fuite devant le mystère de la condition de l'homme, produit de l'Univers devenu observateur de l'Univers, nœud définitif où se mêlent les forces à l'œuvre et la compréhension de ces forces. Ce mystère, il faut l'assumer sans faiblesse. L'homme cocréateur de lui-même, comme individu ou comme espèce, n'assume pas pleinement sa condition lorsqu'il s'abandonne entre les mains d'un éventuel créateur.

Que ce créateur corresponde à une réalité, à une nécessité ou à une illusion, à chacun d'en décider librement au plus profond de sa conscience. Cette décision participe à la construction de son identité. L'homme ne peut former librement cette identité que si elle échappe aux pressions de ceux qui se présentent comme les porte-parole de Dieu. Que si, par conséquent, la société dans laquelle il se construit est « laïque ».

L'une des richesses d'une société est la pluralité des choix personnels qui peuvent s'y exprimer, s'y confronter ; elle se nourrit des écoles de pensée, religieuses ou non, qui peuvent y cohabiter. La laïcité de l'État est le meilleur garant du respect qu'elles se doivent les unes aux autres.

En cette fin du XXe siècle, nous pouvons enfin saisir la chance de dépasser les stupides querelles opposant « croyants » et « non-croyants ». Profitons-en pour accepter sans fausse honte nos incertitudes, nos interrogations, pour redonner valeur aux affirmations, d'où qu'elles viennent, à partir desquelles nous ouvrons le possible destin humain. Lorsque saint Augustin constatait : « Plus est en moi », sans doute faisait-il allusion à la présence en lui d'une part divine ; mais sa phrase peut être reprise intégralement par le biologiste d'aujourd'hui, définissant l'homme comme l'animal capable de se faire des dons à lui-même. Dépouillée des ajouts des religions, la foi en Dieu n'est guère éloignée de la foi en l'homme. L'important est de savoir que l'avenir de l'homme est entre ses mains.

3

Société et contraintes

La définition que nous adoptons pour l'être humain implique le rôle que nous attribuons à la société. Notre cheminement présente l'homme comme un être au confluent de deux sources : la nature lui offre ses recettes biologiques, la collectivité lui apporte ses informations culturelles. A ces deux sources s'ajoute l'aventure de chacun, grâce à laquelle il devient un être capable de décider lui-même de son orientation, de s'auto-construire. Quelles leçons en tirer pour l'organisation sociale ?

Toute collectivité se donne pour objectif premier de lutter contre les attaques du temps, de durer. Pour cela, il lui faut sauvegarder la cohésion entre ses membres. Certes, elle est constituée d'individus qui, un jour, disparaissent ; mais leur savoir n'est pas perdu ; leur expérience sert aux générations suivantes.

L'être de la collectivité ne se réduit pas à l'accumulation de ceux qui la composent. Il est riche de l'ensemble des rapports qu'ils entretiennent entre eux, parfois au-delà du temps d'une vie, à l'intérieur de la communauté. D'une génération à la suivante, d'un siècle à l'autre, un groupe humain trace son parcours dans la durée, poursuit son évolution, acquiert une personnalité modelée à mesure que s'écrit son histoire.

Les inévitables contraintes

La survie d'une collectivité est rendue possible par les liens établis entre tous ses membres. La pérennité de sa cohésion est assurée par les multiples avantages tirés par chacun de son appartenance au groupe, en contrepartie des contraintes qui permettent le fonctionnement harmonieux de l'ensemble. Sans ces règles de comportement, la dislocation en de multiples sous-groupes indépendants ou même antagonistes serait inévitable, entraînant la dissolution de l'ensemble.

Idéalement, cette organisation est légère, à peine perceptible ; la dépendance représente alors une richesse supplémentaire, non une atteinte à l'identité ou une oppression.

Ainsi, la dépendance mère-enfant. La maternité

implique pour la mère des contraintes, et même des épreuves, qui sont aussi les sources du bonheur inouï d'apprivoiser la vie, fragile et exigeante ; l'enfant est soumis à des ordres parfois incompris ; l'un et l'autre, unis, sont propulsés l'un par l'autre vers une dimension nouvelle de la vie.

Chaque individu, conscient de ses devoirs envers les autres, sait que son intérêt à long terme est servi par les efforts consentis à leur profit. Il agit spontanément de façon à respecter les règles admises en commun. Force est de reconnaître que cet idéal a rarement été réalisé dans nos sociétés. Les quelques réussites sont celles de collectivités peu nombreuses, constituées d'hommes et de femmes partageant une même foi, religieuse ou laïque. Par un libre choix, ils ont décidé de se soumettre à une règle. Désobéir, c'est s'exclure de la communauté. Il n'est pas besoin de coercition pour contraindre à la respecter. Cette société reste soudée par la volonté de tous.

Les choses sont moins claires dès que l'effectif du groupe est élevé ou que l'appartenance à ce groupe est subie. La cohésion nécessaire pour exister, résister à l'usure du temps, aux agressions du monde extérieur, aux rébellions intérieures ne peut être obtenue que par des contraintes imposées à tous. Il est alors nécessaire de mettre en place un mécanisme de sanctions : ceux qui enfreignent la règle mettent en péril l'existence de la communauté. La profusion de tels comportements mettrait la loi commune en danger ; ils doivent donc être punis de façon exemplaire. La punition est aussi l'occasion de rappeler à tous les règles du groupe.

Dans les débuts de l'humanité, les communautés sont des tribus nécessairement peu nombreuses. La nourriture est apportée par la chasse, la pêche, la cueillette. Pour se la procurer, les groupes doivent sans cesse se déplacer. Même dans les régions relativement fertiles, la production spontanée de la nature nécessite environ deux cents hectares pour nourrir un consommateur. Ces déplacements perpétuels ne facilitent guère les soins à donner aux jeunes enfants, dont la mortalité est très élevée. Si fécondes soient-elles, les tribus arrivent à peine à maintenir leur effectif.

L'appartenance au groupe est alors liée essentiellement à la naissance, la parenté constituant le lien fondamental entre tous ses membres. La filiation établit spontanément les rapports de prééminence des uns, de soumission, au moins provisoire, des autres. Ce lien réglemente les droits et les devoirs sans qu'il soit besoin d'un ensemble de règles explicites.

Tout a changé, il y a une centaine de siècles, avec l'invention de l'élevage, de l'agriculture et celle de leur corollaire, la sédentarisation.

Pour obtenir la nourriture d'une personne, il suffit d'un cinquième d'hectare, mille fois moins qu'auparavant ; le travail de cinq agriculteurs permet de nourrir six consommateurs. Un surplus est donc disponible ; des activités autres que la recherche permanente de nourriture peuvent se développer. Des villages, puis des villes sont créés. La possibilité de rester toute une vie en un même lieu permet d'élever plus facilement les enfants ; leur mortalité diminue. L'effectif s'accroît. Pour l'ensemble de la planète, le nombre des hommes est passé, en quelques milliers d'années, de 5 millions à 50 millions. La communauté de base n'est plus la tribu, mais la cité ou un ensemble de cités. La famille, même élargie, n'est qu'une parcelle du groupe ; des liens autres que ceux de l'appartenance immédiate sont rendus nécessaires. Une loi commune devient indispensable, réglementant notamment l'accès aux biens communs, précisant le droit d'appropriation des terres et des outils en fonction du rôle de chacun.

Des contraintes, acceptées ou subies, cimentent le groupe. Ainsi, les diverses tribus occupant les collines voisines du Palatin se sont rassemblées pour créer Rome. Rendues puissantes par leur alliance, elles ont imposé aux tribus environnantes la règle adoptée en commun.

Dans la tradition judéo-chrétienne, la première tentative de mise en place d'un ensemble de contraintes assurant le fonctionnement de la collectivité est attribuée à Moïse. Il est monté, dit la Bible, au sommet du Sinaï. Il y rencontre Dieu, qui lui dicte les tables de la Loi : « Tu ne tueras pas ; tu ne voleras pas ; tu respecteras le jour du sabbat... » Ces ordres sont respectés ; nul ne les met en question : on ne conteste pas la parole divine. Ces lois organisent la vie quotidienne et évitent les conflits ; mais, surtout, elles font du peuple juif un ensemble solidaire.

On peut imaginer que Moïse, au sommet du Sinaï, a simplement rencontré Moïse. Il a été un homme face à lui-même, un homme qui se voit de l'extérieur, tel qu'il est, avec ses faiblesses ; un homme qui prend conscience de sa responsabilité comme membre de la collectivité, qui comprend la nécessité d'assumer le rôle que paradoxalement la « nature » lui a donné : prendre le relais de la nature et poursuivre lui-même la construction de lui-même. Guide de son peuple, Moïse devient un homme qui sait contraindre les hommes pour assurer l'existence du groupe.

Mais ces contraintes, au nom de quoi les imposer ? Si l'on admet que, réellement, Moïse a rencontré Dieu, la question ne se pose pas. Nous n'avons pas à demander au Créateur la justification de ses actes ou de ses volontés. Il est, par définition, Celui qui sait ; nous ne pouvons que Lui faire confiance et obéir. Tout doute, toute récrimination serait un blasphème, toute remise en question un sacrilège. Le socle sur lequel repose une société ainsi théocratique est inébranlable. Sa structure est de « droit divin ».

Si l'on pense, au contraire, que Moïse n'a rencontré que lui-même, la loi n'est qu'une production humaine ; elle a dépendu de l'inspiration ou des choix du législateur ; elle apparaît comme arbitraire, donc discutable. Elle ne peut être légitimée que par sa finalité. Encore faut-il définir quelle finalité.

Contraintes et efficacité

Les premières sociétés humaines ont une obsession permanente : être capables de faire face aux dangers qui les menacent. Comment assurer la subsistance ? Comment repousser les attaques des prédateurs ou des autres groupes ? Tout est subordonné à la qualité première d'une collectivité, condition de survie, son efficacité.

Que ce soit dans les vallées du Nil, de l'Euphrate ou du fleuve Jaune, l'apparition des premières villes a entraîné la mise en place de structures toutes différentes des précédentes.

Chaque personne n'est plus définie par l'ensemble de ses liens de parenté, mais par le rôle qui lui est attribué dans le fonctionnement de la société. Des classes sociales apparaissent, dont les intérêts sont divergents. Des conflits se manifestent ; s'ils ne sont pas résolus avant de devenir explosifs, ils risquent de mettre à bas tout l'édifice. Pour les éviter, la solution simple, celle qui assure la meilleure efficacité, est d'imposer une structure hiérarchique rigoureuse. Tous les individus, toutes les classes sont répartis en une pyramide qui situe chacun à une place bien définie entre ceux à qui il doit obéissance et ceux sur lesquels il a autorité.

Au sommet, un roi, un pharaon ou un grand prêtre ; à la base, les travailleurs. Cette structure permet une spécialisation des tâches tout en limitant les risques d'éclatement de la collectivité. Certains cultivent les champs, d'autres construisent les maisons ; certains portent les armes et défendent le groupe contre les agresseurs, d'autres font du commerce et gèrent les échanges avec les collectivités voisines. L'efficacité pousse la cité à grandir, à étendre son influence, à devenir le centre d'une zone immense où son rayonnement s'impose. Telle a été l'aventure de Thèbes, capitale de l'Égypte. Pendant plus de dix siècles, cette ville fut constamment enrichie de nouveaux temples, de nouveaux monuments. De même Babylone, aux fabuleux jardins suspendus, fut, à partir du XVIIIe siècle avant Jésus-Christ, un foyer rayonnant sur la Mésopotamie et l'Assyrie.

Mais cette efficacité repose sur une logique ; celle de la soumission. Les énormes pyramides, les palais entourés de jardins féeriques, protégés par des murailles infranchissables, sont le produit du travail d'innombrables esclaves soumis aux pires conditions de vie. Ils sont et ne sont que les instruments de la survie et du développement de la cité, de l'État, de l'empire. Une inscription rappelle un don fait à Thèbes par Ramsès III : 86 486 esclaves achetés par lui ou faits prisonniers lors de ses victoires. Leur sort individuel n'a d'intérêt pour personne, sinon eux-mêmes. Sont-ils seulement conscients d'être des personnes ? Ce mépris n'est pas réservé à la base de la pyramide hiérarchique ; il s'étend à tous les niveaux. Le pouvoir de chacun sur ses « inférieurs » est légitimé et surtout consolidé par son obéissance absolue à ses « supérieurs ». Seul, au sommet, le despote, souvent à la fois grand chef et grand prêtre, n'a de compte à rendre qu'à lui-même et aux dieux.

Cette structure sociale a été poussée à son paroxysme par Aldous Huxley dans un roman célèbre, *Le Meilleur des mondes*, qui nous présente une collectivité répartie en couches rigoureusement hiérarchisées.

Au sommet, les alpha jouissent de toutes les libertés, bénéficient de toutes les richesses, exercent tous les pouvoirs. A la base, les epsilon subissent toutes les contraintes, obéissent aveuglément et travaillent. Pour assurer la stabilité de cette structure, ces epsilon ont été conditionnés durant leur vie fœtale (qui, progrès biologique aidant, se déroule en éprouvette) non seulement à accepter leur condition, mais à s'en réjouir. Aucune révolution n'est donc à craindre.

Cette structure, à la fois efficace et stable, assure la survie et la réussite de la collectivité au prix de l'assujettissement de tous. Pourquoi chercher autre chose ?

Étrangement, le cheminement qui semble mener inéluctablement à la cité « pyramidale » a bifurqué, il y a vingt-cinq siècles, dans quelques cités grecques. Rien ne semblait prédestiner ce petit territoire à être le théâtre d'une telle innovation, sinon la possibilité de communications par mer avec les nombreuses civilisations méditerranéennes. A ce contact, les Grecs ne se sont pas contentés de reproduire les structures sociales mises au point ailleurs. Leur langue, particulièrement adaptée à l'expression de subtiles nuances, leur écriture, dotée pour la première fois dans l'histoire des signes alphabétiques représentant les voyelles, constituaient de précieux supports pour la pensée. Ils ont développé une réflexion philosophique originale sur la nature de l'Univers et celle de l'homme. Cette réflexion les a conduits au projet et à la mise en œuvre d'une organisation collective d'un autre type. Ils ont réalisé le « miracle grec ».

De la cité aux citoyens

L'organisation sociale de la société opère alors un changement radical. Jusque-là, la finalité du groupe est de durer. Ses membres n'ont d'autre devoir que de contribuer à la reproduction de l'ordre antérieur. Dans la cité grecque, la collectivité a, en plus, des devoirs envers certains de ses membres. C'est là une idée nouvelle. La pyramide hiérarchique commence à se lézarder. Des citoyens, sans être à son sommet, se voient reconnaître le droit d'intervenir dans les affaires de l'ensemble.

Ils ont le droit et le devoir de participer aux décisions. Le tournant est décisif. Mais il n'est encore que bien timide.

Peu de membres du groupe sont reconnus comme des citoyens. Sont éliminées les femmes, qui, dans la vision grecque, n'ont d'autre rôle que d'être les auxiliaires des hommes pour produire la génération suivante. Leur contribution ne comporte rien d'essentiel. Selon une métaphore célèbre de Platon, un homme qui fait un enfant à une femme est semblable à un boulanger qui met un pain dans un four ; l'essence de l'enfant vient du père ; la mère n'a qu'un rôle de nourrice. Dans une telle vision de la procréation, les hommes ont le monopole de ce qui se perpétue. Seule la filiation paternelle a une signification. Il est donc indiscutable de ne pas mêler les femmes aux processus qui contribuent à la vie de la cité.

De même, les esclaves n'ont pas le statut d'homme. Ils ne sont ni hommes ni bêtes, ils sont des esclaves, des biens ; ils appartiennent à qui les possède. Leurs propriétaires disposent de leur vie, de leur mort, de leur force de travail, de leurs enfants, de leurs amours, de leurs rêves, de leur sort. Ce non-statut permet d'exploiter sans limites leur capacité de travail. Or cette exploitation est nécessaire au fonctionnement de l'ensemble. Il faut bien qu'une main-d'œuvre nombreuse soit disponible pour exécuter les tâches exigées par la vie quotidienne et par la construction des innombrables édifices dont nous admirons les ruines.

Quant aux étrangers de passage ou définitivement installés, ils gardent, de génération en génération, la marque de leur origine et ne peuvent prétendre aux mêmes droits que les citoyens : ils sont des « métèques ». Certains d'entre eux sont d'anciens esclaves affranchis. La loi les protège ; ils appartiennent réellement à la cité, mais ne peuvent se marier ni acquérir des propriétés avec la même liberté que les citoyens.

L'effectif des citoyens est limité. Au ve siècle avant Jésus-Christ, on en recense à peine 10 000 quand la population totale dépasse 500 000 habitants. Cette disproportion permet de ne pas trop fragiliser la cité. La démocratie, en effet, diminue l'efficacité de la société, au moins dans l'immédiat. La prise en considération des opinions de tous ceux qui ont droit à la parole entraîne des débats, des confrontations, des pertes de temps. La stricte hiérarchie pyramidale ne connaît pas de tels atermoiements.

Quelle que soit la faible proportion des citoyens, l'attitude collective est fondamentalement nouvelle : l'efficacité immédiate n'est plus l'objectif suprême ; des droits sont reconnus à des individus ; ils deviennent des personnes dont les idées peuvent être prises en compte. Le concept de fraternité entre citoyens est en train de naître. Il faudra attendre le christianisme pour évoquer la fraternité entre hommes. Cette reconnaissance des droits individuels est le début du Droit. Une aspiration singulière des hommes peut alors prendre corps : la liberté.

Des contraintes à la liberté

En 1942 au plus fort de l'oppression nazie, un poète écrit :

> *Je suis né pour te connaître*
> *Pour te nommer*
> *Liberté.*
>
> (Paul Eluard)

Mais que signifie ce mot ?

Les dictionnaires permettent de mesurer le paradoxe de ce besoin individuel et collectif inventé par les hommes : mener une vie libre dans une société libre. Selon le Larousse ou le Robert, la liberté équivaut à l'absence de contrainte. Serait donc libre l'homme seul débarquant sur une île déserte ; aucune opposition ne peut se manifester, aucun regard ne peut voir ses actes et les juger ; à chaque instant, il fait ce que lui dicte sa volonté, sans autre obstacle que les forces de la nature. Peut-on parler alors de liberté ?

Avec une telle définition, chacun consacre sa volonté à apprivoiser ce qui l'entoure sans autre ressource que les forces de son corps, les inventions de son intelligence, les leçons tirées de son expérience, de son savoir. Il ne peut ainsi que subir ce qui le dépasse.

A la réflexion, une telle liberté représente un vide. Tout est permis, donc rien n'est désirable ; les besoins, satisfaits, s'étiolent. Le rêve n'a plus d'espace où se déployer ; le possible est prisonnier du réel. La volonté n'a plus d'objet sur quoi s'exercer ; aucun objectif n'a plus d'intérêt ; aucune tension ne nourrit l'action ; il ne reste que le vide désespérant de l'« à quoi bon ? ». Pour l'homme isolé, la notion de liberté n'a pas plus de signification que le poids n'a de sens pour un astronaute en état d'apesanteur.

La liberté ne peut réellement être définie que si plusieurs hommes cohabitent. L'espace dont ils disposent n'est pas indéfiniment extensible ; si les ressources ne sont pas inépuisables, chacun dépend des autres, qu'il le veuille ou non. Les hommes sont solidaires, non par choix éthique, mais par nécessité physique, en raison des inévitables effets réciproques des gestes des uns et des autres sur la vie des uns et des autres.

Le domaine dont dispose toute société est fini ; cette finitude implique une interdépendance permanente. Ce que l'un consomme n'est plus disponible pour l'autre ; l'espace qu'il occupe est provisoirement interdit à l'autre. Reconnaître à l'un le droit de faire telle action, c'est imposer aux autres le devoir de respecter ce droit. La liberté de chacun ne peut être que le fruit des contraintes acceptées par les autres. Force est de définir, d'un même mouvement, liberté et contraintes.

Nous avons tendance à considérer chaque chose en soi ; il faut pourtant reconnaître que nous ne pouvons définir quoi que ce soit sinon par ses liens avec d'autres objets. La sagesse chinoise nous invite à cet exercice de l'esprit avec le célèbre yin-yang.

Ce symbole, souvent reproduit, partage un cercle en deux parties égales ; l'une noire avec un noyau blanc, l'autre blanche avec un noyau noir. La première, le yin, symbolise la femme, la terre, la plaine, la passivité, la douceur, l'absorption ; la seconde, le yang, figure l'homme, le ciel, la montagne, l'action, la violence, la pénétration. Les nombres pairs sont yin, les nombres impairs sont yang. Tous les éléments qui constituent les objets autour de nous peuvent être présentés comme un mélange, en proportions variables, de yin et de yang. Tous les événements peuvent être compris comme le résultat du combat entre deux forces complémentaires et comme la victoire provisoire de l'un sur l'autre. L'association du yin et du yang symbolise l'équilibre parfait, l'harmonie absolue.

En amont de cette dualité, le message essentiel de cette figure est la naissance simultanée des contraires. Yin et yang ne peuvent apparaître l'un sans l'autre. Le cercle initial enserre le domaine pris en considération, il le limite, le rend fini. Il est impossible de dessiner à l'intérieur de ce cercle la frontière du yin sans tracer, du même geste, celle du yang. Chacun tire sa propre existence de l'existence de l'autre. Les créer, c'est dissocier en deux parties le vide qu'est le cercle initial. Distincts, ils ont une existence visible ; confondus, ils s'annihilent.

Il en est de même pour liberté et contrainte. Défendre l'une, c'est accepter l'autre.

Définir la liberté dont jouissent les citoyens, ou préciser les contraintes qui leur sont imposées, est un même geste. Ce geste est le choix premier de toute société ; il implique sa logique et conditionne son avenir.

La volonté de tenir compte du besoin de liberté ne supprime pas la nécessité de préserver l'efficacité. Comment poursuivre simultanément ces deux impératifs apparemment contradictoires ? Le maintien de l'efficacité collective peut être obtenu en limitant le nombre des privilégiés, mais il faut aussi s'assurer de l'adhésion au système de ceux qui n'en bénéficient pas. Or le plus grand danger de l'instillation d'une petite dose de liberté est la contagion de ce besoin. Un jour vient où ceux qui en sont écartés posent la question : « Pourquoi pas moi ? » Et cette question n'a de réponse que dans l'objectif qu'une société se donne et dans le concept de justice qui en découle.

De la liberté à l'égalité

Dans de nombreuses sociétés, les seuls arguments ayant pouvoir de persuasion se réfèrent à la « nature » de chacun. Si les uns sont, par nature, faits pour commander, d'autres le sont pour obéir. Une structure sociale rigoureuse assignant à chacun « sa » place peut être considérée comme une nécessité : elle se présente comme le reflet de la réalité des êtres ; ceux qui la remettent en question sont alors des géneurs incapables de s'incliner devant les faits. La nôtre est de ce type.

Pour éviter la contestation d'une liberté octroyée à certains et refusée à d'autres, notre société s'est efforcée de distinguer dans l'humanité des groupes « naturellement » différents, à qui, par conséquent, la collectivité devait attribuer des sorts distincts.

La différence naturelle la plus évidente sépare les hommes des femmes. En Grèce, nous l'avons vu, le statut de citoyen était le privilège des mâles. Nous savons mieux encore aujourd'hui combien cette différence est fondamentale ; elle ne concerne pas les seuls organes de la procréation ; chaque cellule de l'organisme est « sexuée » par la présence de deux chromosomes X chez les femmes, d'un chromosome X et d'un chromosome Y chez les hommes.

Nous savons aussi que cette différence ne modifie pas l'égalité des deux parents dans la transmission des caractéristiques biologiques ; chacun d'eux transmet la moitié du stock d'informations génétiques qu'il a reçues. Plus précisément, le seul écart est en faveur des femmes : un garçon reçoit de sa mère un chromosome X beaucoup plus riche en gènes que le chromosome Y reçu du père. La réalité ne justifie donc en rien le fait d'écarter les femmes de la citoyenneté.

Une autre caractéristique évidente semble différencier les groupes humains : la couleur de la peau. Elle a longtemps servi à classer les populations en « races » distinctes. Et ces races permettaient de justifier une hiérarchie dans les droits attribués. L'esclavage a pu être généralisé en toute bonne conscience par les sociétés blanches en admettant que les hommes à peau noire étaient par nature moins « humains » que les hommes à peau blanche.

Nous savons aujourd'hui que les différences entre individus sont beaucoup plus importantes que ne le révèlent les apparences. La couleur de la peau, mais aussi les mécanismes les plus fondamentaux de l'organisme, comme les systèmes immunologiques permettant de résister aux agressions extérieures ou aux modifications intérieures accidentelles, sont extrêmement variables d'un individu à l'autre. Cette diversité, loin de renforcer le concept de race, l'a rendu flou : si l'on tient compte de l'ensemble des données, on constate que les écarts entre individus d'une même population sont beaucoup plus importants que les écarts entre populations. Le classement en races définies apparaît alors arbitraire au point de perdre tout sens.

Conséquence immédiate, toute justification « naturelle » d'une différence dans l'accès à la liberté devient impossible, ou se transforme en une imposture. Mais comment préserver l'efficacité d'une organisation de la collectivité sans l'adhésion de tous ses membres ? De toute évidence, une structure pyramidale, fondamentalement inégalitaire, est d'une gestion plus facile.

Pour échapper à cette impasse, les sociétés doivent adopter un autre objectif que l'efficacité. Celle-ci, dans les sociétés occidentales, est, aujourd'hui, limitée. A long terme, elle risque de s'effondrer. Ceux dont on n'attend que l'obéissance n'apportent au groupe que leur passivité ; toute la créativité dont ils seraient capables dans des conditions favorables est neutralisée. La structure hiérarchique transformée en carcan stérilisant finit par voler en éclats lorsque les opprimés commencent à se poser des questions sur les raisons de leur soumission.

Ce nouvel objectif d'une société humaine, capable d'assurer l'adhésion de tous à un objectif commun, pourquoi ne serait-il pas l'égalité des droits ? La question est posée depuis deux siècles.

Nous l'avons vu, le mécanisme de la procréation est tel que deux patrimoines génétiques (à l'exception des vrais jumeaux) ne peuvent être identiques. Dès la conception, deux êtres humains sont nécessairement dissemblables. Les aventures vécues par la suite ne font qu'accentuer ces différences. Pour autant, les individus ne sont pas hiérarchisables ; une différence n'implique pas un rapport de supériorité ou d'infériorité.

Pour rester cohérente avec ce que nous savons des êtres vivants et bénéficier de cette compréhension, une société humaine devrait considérer tous les hommes non pas comme s'ils étaient « égaux » (ils ne le sont évidemment pas, puisqu'ils sont différents), mais comme une richesse en puissance. Elle garderait cette cohérence en remplissant son devoir envers chacun, à égalité.

Profitant, pour fonctionner, du potentiel de chacun, l'organisation collective assurerait à tous un accès *égal* à la liberté et imposerait ses contraintes avec une rigueur *égale* pour tous. La société respectant et valorisant ainsi ses membres s'en trouve enrichie. La réciprocité des droits et des devoirs entre individus et collectivité peut alors devenir effective.

L'exigence de liberté ne prend son sens qu'en s'associant à l'exigence d'égalité. Prétendre satisfaire l'une sans satisfaire l'autre ne peut être que tromperie et appauvrissement du groupe, amputé de l'apport d'une partie de ses membres.

La supercherie devient une véritable escroquerie

lorsque l'on prétend justifier les entorses à l'égalité des droits au nom de la liberté. Discours souvent entendu, atteinte serait portée à la liberté du possédant en l'empêchant de posséder plus encore. Cette voie conduit facilement à prôner la liberté du renard dans le poulailler ; les poules n'ont plus que la liberté de se laisser dévorer.

Au cours de l'histoire, les hommes ont dû arracher, bribes par bribes, un peu de liberté. Le combat n'est certes pas achevé. Pour le mener à son terme, il faut rester conscient de ce fait : la liberté des uns se vide de contenu si celle des autres est bafouée.

De l'égalité à la justice

La liberté ne peut être que le produit d'une organisation collective ; ce produit a pour la société un coût que bien souvent elle n'est pas disposée à supporter.

L'exemple type d'une structure où la liberté individuelle n'a pas de sens est celle des armées. Leur raison d'être est l'efficacité. Tout y est sacrifié. Le respect absolu de l'autorité est la règle. Il ne peut être question ni d'égalité ni de liberté. Tel est bien le sens de la phrase que doivent apprendre les jeunes recrues dès le premier jour de la vie militaire : « La discipline est la force principale d'une armée. » L'obéissance étant considérée comme la vertu première, tout conflit intérieur est résolu par recours systématique à l'autorité, exercée par le personnage immédiatement supérieur dans la pyramide.

Autre exemple type, dans une société où le critère de la réussite est le profit, l'entreprise. Chaque salarié y est affecté à une fonction ; il est là pour produire et faire produire du profit à d'autres hommes, à des machines ou à des capitaux. Hors de son entreprise, l'individu est considéré comme un consommateur apte à générer du profit pour d'autres entreprises ; sa part de rêve risque d'être détournée vers l'illusion d'un loto ou d'un tiercé : son besoin d'évasion risque d'aboutir à un voyage organisé par quelque agence. S'interroger sur la finalité du processus, sur la redistribution des profits, sur les pollutions produites implique une redéfinition de tout l'ensemble.

Ni dans un corps d'armée ni dans une entreprise vouée au profit, la liberté n'a sa place. Dans les deux cas, la richesse de chacun est oubliée. Amputé de l'essentiel de lui-même, il est au service d'une ambition sur laquelle aucune prise ne lui est reconnue.

Les choses sont moins simples lorsque tout

membre du groupe a le droit de s'exprimer, de questionner le bien-fondé d'un ordre ou d'une organisation, de contester le sort qui lui est fait. L'autorité de recours n'est plus un personnage situé à un niveau plus élevé de la pyramide sociale, mais la loi du groupe.

Si l'on admet que cette loi a été dictée aux hommes, ou à un homme privilégié, tel Moïse, par Dieu, elle s'impose sans que soit posée la question de sa légitimité.

Lorsque cette hypothèse est abandonnée, la loi ne peut être légitimée que par sa finalité, c'est-à-dire par ses conséquences pour les personnes appartenant au groupe et leurs descendants. Au terme de notre cheminement, la loi est donc légitime si elle est au service de la liberté et de l'égalité définies par le groupe.

Face à une situation particulière, face à un conflit entre deux personnes ou entre une personne et la collectivité, la loi permet de décider quel est le bon droit. Pourtant, si précise soit-elle, les situations complexes offrent des cas particuliers nécessitant une interprétation. Un cas limite significatif est celui de l'avortement d'un embryon : le respect dû à cette « personne humaine potentielle » est en conflit avec celui qui est dû à la jeune femme qui le porte et ne souhaite pas mener cette grossesse à terme. Lequel doit l'emporter ? La réponse doit être argumentée, tenir compte de multiples éléments non prévus par la loi, s'adapter à l'évolution des mœurs et simultanément orienter cette évolution à la lumière de l'avancement des connaissances. La vie même de la collectivité est en cause ; il s'agit de préserver son identité, en restant fidèle à l'essentiel de son passé, et de permettre son adaptation à des conditions nouvelles, en fixant des objectifs pour l'avenir. Cette fonction centrale est assurée en partie par le *système judiciaire.*

4

Société et violence

La conscience de soi naît du sentiment d'une force intérieure. Être, c'est ressentir cette force ; faire face à l'autre, c'est la manifester.

Cette manifestation cherche à prouver que l'on existe, que l'on compte, que l'on peut apporter, donner, échanger, que l'on est capable de s'opposer, fort de la conviction de penser juste. Elle nous procure une marge d'autonomie. Simultanément, attirant l'attention de l'autre sur nous, elle permet le dialogue.

Si cet autre est vu comme un danger, un obstacle à l'accomplissement d'un objectif important, elle permet de le menacer, de l'écarter, de l'éliminer, de le détruire. La force est transformée en violence.

Si cet autre est vu comme un interlocuteur ou un partenaire, elle permet de l'écouter sans crainte, de lui proposer notre propre opinion, de l'affronter, c'est-à-dire d'être front à front, intelligence à intelligence. La force est source d'échange.

L'une des racines du mot « violence » est le mot latin *vis*, qui signifie force. Notre réaction à l'égard de l'une peut donc être abusivement étendue à l'autre. En fait, force et violence représentent deux concepts tout différents.

Les multiples interactions qui sont à l'origine de tous les événements de l'Univers sont décrites tout naturellement comme des forces (force gravitationnelle, force électromagnétique, force nucléaire). Toute dynamique suppose une force ; « faire usage de sa force » est donc une nécessité de tout instant. La vie est une force qui s'épanouit.

De la force à l'échange

A l'origine, cet épanouissement est essentiellement un plaisir. Le jeune chat qui commence à marcher se sert de la force qui jaillit en lui pour le plaisir de faire jouer ses muscles ; il découvre que ce jeu lui permet d'agir sur ce qui l'entoure, de faire rouler la balle qui s'enfuit, disparaît sous un meuble, rebondit, de faire glisser la tasse de porcelaine qui tombe, éclate et provoque une catastrophe locale.

Au-delà du plaisir des muscles qui travaillent vient celui de la puissance. Et, lorsque cette puissance s'exerce sur un autre chat, vient le plaisir de la domination.

Pour les hommes, le cheminement est le même, mais il se prolonge beaucoup plus loin. Comme en toute occasion, la spécificité humaine ajoute à l'acte la conscience de l'acte et bouleverse motivations et finalités. Il n'est plus seulement question de faire sentir sa force, mais d'obtenir de l'autre la reconnaissance de cette force. L'objectif n'est plus l'effet immédiat de cette force sur l'interlocuteur, mais son attitude en réponse. Ce qui m'importe n'est plus mon pouvoir sur l'autre, mais le regard obtenu de lui ; non un regard qui reconnaît cette force et exprime une soumission, mais un regard qui marque un intérêt et participe à mon existence.

La phrase de Rimbaud est célèbre : « *Je* est un autre. » Elle sonne comme une fuite. Avec plus d'évidence, chacun peut affirmer : « *Je* est les liens que j'ai avec les autres. » Pour être, il faut échanger.

Dans notre espèce, le chemin qui mène de la force à l'échange est clairement tracé par la plus puissante des forces dont la nature nous ait gratifiés : la pulsion sexuelle. C'est le foyer même de la vie, l'acte qui permet de déjouer le rôle destructeur de la durée. Procréer, c'est amener à l'existence celui qui prendra le relais.

Cette pulsion submerge toutes les autres ; beaucoup d'animaux lui sacrifient leur vie. Chez les insectes, la copulation reste, pour d'innombrables mâles, le dernier acte vécu. Une fois la femelle fécondée, leur existence n'a plus d'utilité ; ils ont joué leur rôle ; ils sont éliminés. Tout est soumis à la procréation : au-delà de l'individu, elle prolonge l'espèce.

La nature ne nous a pas faits, à cet égard, différents des autres animaux. Mais nous avons utilisé ce qu'elle nous a donné pour explorer une tout autre voie.

Avec réalisme et émotion, un film au succès mérité, *La Guerre du feu*, a su montrer cette exploration inattendue. Le titre ne correspond probablement à aucune réalité historique, le feu ne peut guère être objet de guerre : il se partage sans se perdre. Le thème essentiel est l'invention de rapports nouveaux entre hommes et femmes. Au cours des premières scènes, un groupe de jeunes gens découvre un groupe de jeunes filles ; ils se précipitent et copulent sauvagement avec elles. Ils obéissent à leur « nature ». A la fin du film, une jeune fille a inventé le sourire. Cette grimace étrange étonne ceux qui la regardent. Un jeune homme l'aperçoit, la désire, s'approche, prêt à accomplir brutalement les actes que sa nature lui dicte. Mais elle lui sourit. Interloqué, il s'arrête, incapable du moindre geste ; il esquisse à son tour un sourire, elle l'attire à elle. Regard dans regard, ils font l'amour.

Ce qui était soumission à un mécanisme naturel devient construction de chacun par l'autre. L'échange des désirs, des regards, des plaisirs a fait émerger un être entier, fait de chacun d'eux, sans se résumer à leur addition. Un « plus » apparaît, fruit de leur mise en commun, qui n'appartient ni à l'un ni à l'autre, et dont chacun s'enrichit.

Évident pour la pulsion sexuelle, cette transmutation de la force naturelle en richesse d'échanges peut être étendue à toutes les activités humaines. Force est de constater qu'un chemin opposé est le plus souvent suivi. L'exemple le plus caricatural dans notre société est sans doute celui du sport.

Sport et violence

Dans son projet initial, tout sport est une activité permettant de canaliser la force qui jaillit en nous en l'associant à celle qui jaillit en l'autre, en une combinaison faisant émerger un spectacle, une émotion, une « partie ». La règle du jeu n'a d'autre but que d'endiguer les pulsions de l'un et de l'autre au profit de la réalisation d'un événement collectif au cours duquel chacun aide l'autre à être plus que lui-même.

« Le sport est l'art par lequel l'homme se libère de soi-même et libère son prochain... », a écrit Jean Giraudoux.

Quoi de commun entre ces belles paroles et les pages dites « sportives » des journaux ? Il n'y est guère question d'hommes qui se « libèrent ». L'image fournie est plutôt celle d'un enfermement collectif : enfermement des joueurs, uniquement tendus vers une victoire dont dépendent carrières et salaires ; enfermement des spectateurs, obsédés par la volonté de voir gagner une équipe, absurdement persuadés que sur cette victoire repose l'honneur de leur ville ou de leur nation. Le stade, à l'origine emplacement ouvert où chacun pouvait librement pratiquer les exercices de son choix, est devenu une enceinte fermée où bouillonnent les passions. Ceux qui, à des milliers de kilomètres, assistent à l'événement participent à cet enfermement. Les retransmissions par télévision n'ouvrent pas le stade ; elles y emmurent quelques millions de téléspectateurs. L'objet du discours a changé ; il aurait fallu modifier aussi le mot. Aujourd'hui, il ne s'agit plus de stade, mais de cirque, plus de sportifs mais de gladiateurs. Ce qui devrait être échange est souvent devenu violence ; le résultat est parfois dramatique.

En mai 1985, au stade du Heysel, près de Bruxelles, avait lieu la finale de la Coupe des champions européens de football entre Liverpool et la Juventus de Turin. Avant même que le match ne commençât, les supporters des deux équipes se ruèrent les uns contre les autres avec une telle furie qu'il y eut 39 morts et plus de 200 blessés. Malgré le spectacle des corps sans vie et le hurlement des sirènes d'ambulances, les officiels décidèrent de faire jouer la partie. Des dizaines de milliers de spectateurs purent applaudir le penalty vainqueur des Italiens, alors qu'à quelques mètres des blessés agonisaient. Sport, ou spectacle de cirque digne de l'Empire romain de la décadence ?

En mars 1988, au cours d'un match de football entre Bordeaux et Eindhoven, un joueur girondin fut blessé volontairement par un avant néerlandais ; celui-ci visa la cheville, choisissant le point faible. Un de ses équipiers expliqua, à chaud, que cette agression était non seulement justifiée mais nécessaire : « Ce coup, c'était du beau travail. Le match l'exigeait... C'est nécessaire pour être compétitif au plus haut niveau... »

Au tennis, jeu si proche de l'art, comme l'imagine Giraudoux, des entraîneurs expliquent que, pour l'emporter, il faut « avoir envie de tuer l'adversaire ». Plus question de partenaire ; il faut voir en l'autre un ennemi à détruire.

Les enjeux sont devenus tels que les athlètes cherchent l'exploit au-delà de leurs possibilités normales et recourent au dopage, exerçant une violence contre leur propre corps. Cette perversion est provoquée par l'intrusion dans les compétitions de l'argent et du chauvinisme. Tel a été le cas lors de la finale du 100 mètres aux Jeux olympiques de Séoul en 1988. Le Canadien Ben Johnson, arrivé premier, fut déclassé le lendemain lorsqu'un contrôle de routine prouva qu'il avait absorbé des stéroïdes anabolisants. Ce dopage permet d'obtenir des performances immédiates, au prix d'un effondrement du métabolisme à plus ou moins court terme.

L'exemple de ce que sont devenus les Jeux olympiques démontre une orientation dont les effets conduisent à des monstruosités ; il n'est plus question que d'argent et de nations. Qu'importait le fait que Ben Johnson ait été ou non canadien ? En quoi cette nation était-elle impliquée par sa victoire, puis par sa déchéance ? Conçus comme une occasion de rencontre rendant plus concrète la fraternité entre tous les hommes, ces jeux sont devenus un champ clos où s'affrontent moins des champions que des grandes entreprises, qui, à force de gros chèques, s'arrachent un support publicitaire. Comme un virus qui s'infiltre insidieusement dans un organisme, l'argent a tout gangrené – ouvrant les vannes à la violence la plus irraisonnée.

Un argument est souvent proposé pour justifier ces excès : les sportifs de haut niveau ont un effet d'entraînement sur les jeunes et les incitent à s'engager dans la pratique d'un sport. En réalité, cette émulation est faussée. Elle résulte d'une fascination et d'un désir d'imitation, fourvoyant les jeunes dans ce qui sera, pour la quasi-totalité d'entre eux, une impasse. Ils se lancent dans le tennis avec l'espoir d'être un jour Noah ou MacEnroe ; la probabilité d'y parvenir est pratiquement nulle. Les techniques qui permettent de devenir un bon ou un très bon joueur sont différentes de celles qui permettent de devenir un champion. Ils ont voulu être exceptionnels ; à l'arrivée, ils ne seront même pas excellents. Leur échec ne leur laissera que l'impression d'un immense gâchis, une image détériorée d'eux-mêmes.

Un retournement complet est nécessaire. Il ne pourra être obtenu qu'en substituant à la compétition l'émulation. Symbolique ou non, la compétition projette destruction de l'autre et violence. L'émulation implique, à l'inverse, rencontre et échange. Un tel retournement est-il possible ? La réponse est oui, à condition de s'interroger sur la finalité de l'activité sportive.

Plus qu'en battant des records, le champion olympique Carl Lewis a provoqué l'émotion en courant avec un handicapé, dont une jambe amputée était remplacée par une prothèse. Dans cette rencontre, il n'y eut ni vainqueur ni vaincu ; il n'y eut qu'une victoire, celle du handicapé contre son handicap, celle de la fraternité qui donne réalité au possible. Le jour où l'athlète a accepté ce jeu, il a plus fait pour le véritable sport qu'au cours des séances de musculation ou d'entraînement qui lui ont permis de descendre en dessous de 10 secondes sur 100 mètres.

Pour les jeux collectifs également, quelques tentatives cherchent à supprimer ce que la compétition a de destructeur. Ainsi, le tchoukball, dont le premier tournoi international a eu lieu en 1984 à Taiwan et qui commence à se répandre eu Europe, notamment en Suisse. Certes, deux équipes sont face à face, mais leur objectif n'est pas de dominer l'autre, même en respectant le fair-play ; il est de réaliser une belle partie, le « beau jeu » de l'une conditionnant le « beau jeu » de l'autre. Chaque match est perçu comme une occasion de se perfectionner grâce à l'équipe adverse. Il n'y a pas, de l'une à l'autre, hostilité. Pour jouer mieux, il ne faut pas empêcher l'autre de bien jouer, mais profiter de la qualité de son jeu.

Rappelons ici la leçon de sagesse offerte par certaines tribus africaines. Elles se passionnent pour notre football, ajoutant un détail à la règle officielle : tout joueur qui marque un but passe dans l'équipe d'en face en échange d'un autre joueur. Les conséquences sont décisives sur l'esprit du match dont le résultat final n'a évidemment aucune signification. L'important est de réaliser, à deux équipes, une belle partie.

Nations et violence

« Il y a toujours eu des guerres, il y en aura toujours. »

Depuis une centaine de siècles, depuis l'invention de l'agriculture et la mise en place de structures sociales basées sur la propriété, les guerres se sont certes succédé à un rythme rarement ralenti. Depuis la fin de l'Empire romain, il n'a presque jamais été possible de faire le tour de la Méditerranée sans se heurter à une frontière infranchissable pour cause de guerre entre pays voisins. Pourtant, cette affirmation est très probablement une erreur.

Cent siècles ne sont qu'une très petite fraction de l'histoire des hommes. Que s'est-il passé au cours des milliers de siècles qui ont précédé ?

Les tribus primitives, nous l'avons vu, étaient de faible effectif et disposaient d'immenses espaces. Elles s'y déplaçaient sans cesse à la recherche de leur subsistance. Ce nomadisme interdisait toute accumulation de biens. Il faut être léger pour suivre les sources de nourriture apparaissant ici ou là au rythme des saisons. Posséder, c'est s'encombrer, s'alourdir, perdre la qualité essentielle d'un peuple nomade, la mobilité.

L'obsession permanente devait être la lutte contre la disparition du groupe, les morts menaçant d'être plus nombreuses que les naissances. Nés dans un état de dramatique fragilité, les petits devaient être portés par leur mère, en perpétuel déplacement. Chez les primates, les poils abondants permettent au jeune de s'accrocher, ce qui libère les gestes de sa mère, mais l'homme est un « singe nu »; la femme doit porter son petit, ce qui gêne dramatiquement ses mouvements. De longs délais ont été nécessaires avant que nos ancêtres aient imaginé de découper la peau de leurs proies pour en faire des sortes de sacs où mettre les nouveau-nés. Soumis aux agressions du milieu, ceux-ci n'avaient qu'une espérance de vie réduite. Les accidents d'accouchement entraînant la mort de la mère étaient fréquents. Il fallait utiliser à plein le potentiel de fécondité pour équilibrer ces disparitions.

La survie du groupe est l'obsession permanente. La force collective face aux dangers extérieurs résulte de sa cohérence. Utiliser la force individuelle contre un des membres, c'est la transformer en violence et mettre cette survie en péril. A l'opposé de l'objectif collectif, la violence interne ne pouvait être qu'une exception.

La densité humaine était alors trop faible pour que ces groupes se rencontrent fréquemment. Pourquoi ces rencontres auraient-elles dégénéré en conflit ? Ne vivant pas pour posséder, ils n'avaient rien à prendre à l'autre. Pas même le feu. Nous avons évoqué le film qui a popularisé un roman racontant une imaginaire « guerre du feu ». Certes, les premières tribus capables d'apprivoiser le feu, de s'en servir pour cuire les aliments ou pour se protéger contre les prédateurs ont bénéficié d'un avantage décisif dans leur lutte pour la survie. Cette lutte n'avait aucune raison de se diriger contre les autres tribus. Le feu est une richesse merveilleuse que l'on donne sans la perdre : il se partage. Comment refuser de partager ce qui ne fera pas défaut ? Nous n'avons guère de raisons de croire que nos ancêtres aient été aussi stupides. Par contre, le fait qu'un romancier d'il y a un siècle ait pu imaginer une guerre pour un bien si merveilleux et qu'un cinéaste d'aujourd'hui ait pu présenter cette guerre comme une réalité historique, est révélateur de notre façon de résoudre les conflits : nous admettons comme une évidence que le seul moyen est la violence ; le plus fort l'emporte.

Ces sociétés primitives n'avaient sans doute rien de paradisiaques ; la vie quotidienne était rude. Toute l'intelligence humaine était tendue vers un but permanent : lutter contre la mort. Les actes délibérés avaient pour finalité la sauvegarde du bien le plus précieux : la vie.

Puis fut inventée l'agriculture ; les champs ont été labourés, semés, soignés. Il fallait bien défendre les récoltes contre ceux qui voulaient se les approprier. Pour passer l'hiver, il fallait disposer de greniers bien remplis, protéger les réserves, chasser les voleurs. La propriété est née. L'histoire des sociétés humaines s'est chargée de batailles pour la conquête ou la défense de ce que l'on possède. L'engrenage de la violence s'est mis en place. Toute l'intelligence et toute l'énergie des hommes ont été mises au service de la découverte de moyens nouveaux d'attaque et de défense. La course entre l'épée et la cuirasse s'est constamment accélérée.

Aujourd'hui, nous sommes installés dans l'acceptation d'une société de violence, au point de ne plus imaginer que d'autres solutions soient possibles. L'évidence historique est pourtant claire : la solution d'un conflit par la violence ne fait que préparer de nouveaux conflits plus difficiles à résoudre. La lutte pour la vie, devoir premier des membres de toutes les espèces, s'est transformée en combat pour la propriété et en volonté d'éliminer celui qui menace cette propriété.

Au départ, posséder n'était qu'un moyen provisoire d'organiser la production. Il apparut très vite que la propriété pouvait générer des abus mettant en péril l'harmonie du groupe : celui qui possède est en position d'accroître ses possessions ; un mécanisme d'accumulation par certains et d'appauvrissement des autres se met en place. Le peuple juif avait su tirer la conséquence de ce constat en instaurant les années jubilaires. Tous les cinquante ans, les biens reçus par héritage étaient remis à la communauté ; l'égalité était rétablie.

De nombreuses cultures ont ignoré l'appropriation des terres. Souvenons-nous de l'étonnement des Indiens à qui le gouvernement américain proposait d'acheter leur territoire : « Comment pourrions-nous vous le vendre, puisque nous ne le possédons pas ? Il appartient à la Terre. »

Dans cette vision, tout ce qui est, est un élément de la nature, y compris les hommes. Notre culture occidentale part d'un tout autre point de vue ; un individu n'est plus une partie de l'Univers ; il lui est extérieur et peut prétendre posséder un bien terrestre. La propriété est le fondement de la structure sociale. Dès le Moyen Age, les familles nobles se confondent avec les richesses qu'elles possèdent, prenant le nom de leur domaine. Les nations se définissent plus par leur territoire que par la spécificité de leur culture.

L'appropriation des terres s'est étendue aux fruits de la terre, aux produits du travail, puis à l'argent, mesure de toutes les valeurs. L'histoire est ramenée à une succession de guerres motivées par le déplacement de frontières et la recherche de la puissance.

Un fait nouveau nous accule à mettre en cause une attitude acceptée comme une fatalité : nos progrès dans la mise au point de procédés de destruction toujours plus efficaces mettent aujourd'hui la planète elle-même en péril.

Les nations doivent tirer les conséquences d'un

constat fait il y a seulement quelques années par les deux superpuissances d'alors, les États-Unis et l'URSS : un conflit utilisant une fraction, même faible, des moyens disponibles pour frapper et éliminer l'adversaire mettrait en danger l'espèce humaine tout entière.

Les milliers de mégatonnes représentés par les « têtes » nucléaires actuellement en stock sont plus que suffisants pour provoquer un suicide collectif. La Terre semblait grande à l'époque où la portée des armes se mesurait en centaines de mètres ou en kilomètres ; nous sommes obligés de constater qu'elle est petite lorsque nous disposons de fusées capables d'atteindre les antipodes en moins d'une heure. La finitude de la planète transforme les armes les plus puissantes en boomerang ; après avoir détruit l'ennemi, elles entraînent des conséquences qui anéantissent celui qui les a utilisées.

La logique de la violence produit un effet absurde : l'agresseur comme l'agressé se retrouvent dans le même camp, celui des victimes.

Que ce soit par une idéologie de non-violence ou par une analyse réaliste des conditions actuelles des compétitions entre nations, les stratèges sont contraints de trouver de nouvelles méthodes de résolution de conflits. Cette nécessité est renforcée encore par l'explosion récente de l'effectif de l'humanité. Avant un siècle, nous allons dépasser dix milliards. Il est clair que le recours à la force ne pourra que déclencher des incendies incontrôlables, risquant de s'étendre à des continents entiers, sinon à la Terre entière. La seule attitude permettant de poursuivre l'aventure humaine est de refermer la parenthèse de la violence ouverte il y a dix mille ans.

Éducation et violence

Les processus d'éducation utilisent volontiers l'émulation comme principal ressort de l'effort nécessaire à l'apprentissage. Pour contrebalancer une éventuelle prédisposition à une paresse « naturelle », ils jouent dangereusement sur le désir de faire aussi bien que les camarades, au risque de dériver sur celui de les éclipser pour être le « meilleur ». L'émulation se transforme alors en compétition. Il ne s'agit plus du plaisir d'avancer ensemble, mais du désir d'être reconnu à tout prix. S'il faut « un premier », il faut « un dernier ». Le système éducatif devient alors un champ clos où il faut en permanence l'emporter sur les autres et, pour cela, essentiellement, aller plus vite que les autres dans l'absorption du programme. Le résultat est la fabrication en série d'intelligences d'autant plus appréciées qu'elles sont conformes à un modèle préétabli, ce qui ne va guère dans le sens de la nécessaire et naturelle diversité des esprits.

L'inconvénient le plus grave d'un tel mécanisme est de persuader chaque enfant qu'il lui faut devenir un « gagnant », c'est-à-dire quelqu'un capable de transformer les autres en perdants. Le maître mot est « compétition ». Tout est bon pour améliorer la compétitivité. Un des signes les plus clairs de cette perversion de l'objectif est, en France, l'obsession de la réussite au baccalauréat. Il semble que la seule finalité des études soit de réussir, et le plus vite possible, cet examen. La remarque récente de professeurs au cours d'un conseil de classe est révélatrice.

Apprenant que certains de leurs élèves étaient allés assister dans une ville voisine à une conférence sur la génétique, ils ont pronostiqué leur prochain échec au bac ; échec, selon eux, mérité, car ils « s'intéressent à trop de choses ». A la suite de ce conseil, devenu un véritable tribunal, certains parents ont interdit à leurs enfants de poursuivre leur participation à un club de réflexion sur la biologie ou à une troupe théâtrale. Une seule consigne : « Passe ton bac d'abord ; après, on verra. » Mais après, il faudra entrer en fac ou préparer une

« grande école », puis trouver du travail, puis songer à sa carrière, puis « réussir », puis se préparer à l'inévitable échec final qu'est la mort. Peut-on imaginer système plus violent ?

S'élever contre cette violence ne signifie pas laisser libre cours à la paresse, ou promouvoir une école du laxisme. Il s'agit de faire appel, pour motiver les efforts nécessités par la construction d'une intelligence, à d'autres motifs que le désir de l'emporter sur l'autre. Les enfants se posent spontanément la question essentielle : « Que faire de ma vie ? » Le rôle de l'éducateur est de leur en faire comprendre la brièveté ; il ne faut pas perdre de temps. Mais lutter contre l'écoulement trop rapide des années qui nous sont données n'est pas lutter contre ceux qui nous entourent. Transformer sa vie en une course qu'il faudrait gagner revient à la vider de tout contenu ; elle ne génère plus que l'éphémère satisfaction d'aller toujours plus vite, jusqu'à la chute finale.

Revenons à notre définition de l'homme : non un être doté d'une double nature, mais un être bénéficiant d'une double source, l'une biologique, l'autre culturelle faite de ses semblables. Dans la ligne de cette définition, l'objectif du système éducatif est de faire de chacun un membre à part entière de la collectivité. Il est véritablement la deuxième source, dont chaque être humain a besoin pour devenir une personne. Tout ce qui ne va pas dans le sens de cet objectif constitue une violence à l'égard de l'enfant et à l'égard de la société.

Ce système est organisé aujourd'hui en France de telle façon que la moitié de chaque classe d'âge est considérée comme étant en « échec scolaire ». Or cet échec ne devrait pas être vu comme celui de l'enfant ; il est celui du système. Un système qui fait croire à ces jeunes qu'« ils n'étaient pas faits pour les études », qu'ils sont inutilisables, irrécupérables. La leçon qu'ils tirent de cet échec est le mépris d'eux-mêmes, un mépris si difficile à supporter qu'ils le transforment en un mépris pour les autres, ou en un mépris diffus pour la société. De ce mépris à un désir de vengeance, le passage est facile. Au bout du chemin, l'école leur aura appris la violence.

Économie et violence

Il est trop facile de stigmatiser la violence apparente, celle du casseur, de l'agresseur. N'oublions pas la violence sournoise, installée, tranquille d'un système économique qui, pour produire ici de la richesse, sécrète ailleurs de la misère.

Certaines fraises mangées par les Européens au cœur de l'hiver viennent de pays où des enfants meurent de faim. Les terres qui pourraient produire la nourriture quotidienne sont consacrées à des cultures d'exportation tels le cacao, les arachides, le café. Ces exportations sont nécessaires au remboursement des dettes contractées par ces États. Or la valeur des produits exportés dépend de variations sur lesquelles ces pays n'ont aucune prise. Le piège s'est refermé. Les puissances économiques imposent leur loi.

Le fonctionnement de l'économie doit, affirme-t-on, respecter la « loi du marché ». Mais celle-ci ne pourrait réellement parvenir à un optimum que si un nombre élevé de producteurs s'adressait à un nombre élevé de consommateurs. Sur un marché étroit, elle se transforme en loi du plus fort. Or les progrès de la production en série rendent étroits tous les marchés. Sur la Terre, devenue petite, les prix des principales marchandises utiles aux hommes résultent de rapports de force ; ils se transforment en outils de la violence exercée par les puissants sur les démunis.

Par le canal du raisonnement économique, des domaines de l'activité humaine qui devraient, de par leur nature même, échapper à toute violence risquent de basculer pour n'être plus qu'un champ clos entre intérêts. Tel est le cas du système sanitaire.

En moins d'un siècle, grâce aux progrès scientifiques et techniques, les possibilités de soins se sont accrues dans des proportions inouïes. Les hôpitaux, qui étaient surtout des lieux d'hébergement des pauvres, des malades, des mourants, ont été transformés en espaces où sont concentrés les moyens techniques les plus modernes. Avec l'efficacité des soins et grâce à l'action de quelques hommes de progrès, s'est développée la conscience qu'ils devaient être disponibles pour tous. Le droit aux soins est devenu une exigence. La part de la production nationale consacrée au système sanitaire était négligeable au XIXe siècle ; elle approche aujourd'hui 10 %. Ce système est devenu un élément essentiel de la machine économique.

L'introduction des raisonnements des économistes dans ce domaine, notamment le recours au concept de rentabilité, ne peut qu'aboutir à des choix opposés à la finalité de l'outil sanitaire. La guérison d'un enfant qui gardera des séquelles de sa maladie, celle d'un vieillard dont l'espérance de vie est ainsi accrue, sont des succès médicaux qui vont nécessairement à l'encontre de la rentabilité immédiate. Un acte médical doit être effectué parce qu'il n'est pas admissible de ne pas le faire, non parce qu'il améliore une quelconque performance de l'économie.

L'exemple extrême est le problème posé par la valorisation des produits du corps. Quelle est la valeur d'un flacon de sang, d'une paillette de sperme congelé, d'un rein prêt à être greffé ? Répondre à cette question par un chiffre, c'est entrer dans un engrenage aboutissant à la pire violence, celle qui contraint un homme à vendre une part de son corps pour survivre ou contribuer à la survie des siens.

Or notre société « occidentale » est entrée dans cet engrenage. Les progrès des techniques médicales permettent de sauver un malade en lui greffant un organe sain : rein, poumon, cœur... Encore faut-il qu'un cadavre « frais » soit disponible. A défaut, une pression peut être exercée sur ceux que la détresse conduit à accepter une amputation moyennant finances. Celui qui achète cet organe est à des milliers de kilomètres ; il ne verra jamais le « fournisseur ». Il a payé la transaction au prix fixé ; sa conscience est tranquille. Qui est, en fait, l'auteur d'une violence infiniment plus grave que l'ouverture, à coups de burin, des coffres d'une banque ?

Le malade ? Il a dévalisé, certes sous anesthésie

et dans les meilleures conditions sanitaires possibles, le corps d'une personne. L'a-t-il seulement su ?

Le médecin ? Il a utilisé une technique mise à sa disposition pour faire une « belle opération » et conforter le prestige de son savoir-faire.

La communauté scientifique ? Elle a mis au point les tours de main et les appareils permettant cet exploit ; mais elle n'a pas de visage. En démocratie, « ce » qui aboutit à donner moins de valeur à une vie du Sud qu'à une vie du Nord a les visages de nous tous. Car ce commerce d'organes existe déjà entre l'Amérique du Sud pauvre et l'Amérique du Nord riche. Il risque fort de se généraliser rapidement à tous les continents.

La logique économique de la rentabilité et du profit ne peut qu'aboutir à des violences de plus en plus inacceptables, si l'on admet de l'introduire dans les domaines de l'activité collective dont la finalité concerne l'essence de la communauté des hommes. Cette introduction ne peut qu'en pervertir les objectifs. C'est le cas du système sanitaire ; il en est de même du système éducatif.

Les dépenses consenties par la société pour éduquer ne doivent pas être justifiées par les gains espérés. Comment pourrait-on consacrer des crédits à enseigner la philosophie ou la sculpture ? La part des richesses disponibles attribuées à ce système résulte d'un choix de société qui doit échapper à toute allusion à la rentabilité. Faute de quoi, il devient, par son fonctionnement même, une source de violence.

Structures sociales et violence

Tout au long de sa vie, chacun évolue. Les désirs se transforment. Les objectifs changent. Au cœur du grand-père, le petit garçon qu'il fut est présent ; un petit garçon enrichi de tous les événements qui l'ont marqué, de toutes les rencontres qui lui ont apporté de nouvelles perspectives. Idéalement, la structure sociale devrait tenir compte de cette évolution et adapter le rôle de chacun à la personne qu'il est devenu, non à celle qu'il fut autrefois.

Notre société, au contraire, semble s'acharner à nous enfermer dans une définition, étiquette attribuée définitivement. A l'école, cela s'appelle l'orientation. Dès dix ou douze ans parfois, un enfant s'entend dire qu'il est « fait pour... »; il est, paraît-il, un « manuel » ou un « intellectuel ». Le processus de sélection le met sur une voie qu'il aura grand-peine à quitter, car les possibilités de bifurcations futures sont très peu nombreuses.

Dans notre pays, le cas limite est sans doute celui des « grandes écoles », qui décident de toute une vie en fonction d'un classement obtenu par l'addition de notes, pondérées par des coefficients arbitraires. Nous nous moquons des méthodes utilisées dans l'ancienne Chine pour désigner les mandarins. La technique d'affectation des hauts fonctionnaires à la sortie de l'ENA ou de Polytechnique est plus grotesque encore. Un point en plus ou en moins suffit à décider d'envoyer le candidat à l'inspection des Finances ou au Conseil d'État. La conséquence de ces méthodes est la diffusion d'une rigidité paralysant tout le corps social. Les concours d'entrée sont en principe ouverts à tous. Dans les faits, ils sont soigneusement réservés à quelques classes sociales. Ne citons qu'une comparaison dont les éléments sont fournis par Michel Schiff, dans *L'Intelligence gaspillée* [1]: parmi les enfants de contremaîtres et d'ouvriers, la proportion de ceux qui atteignent le troisième cycle de l'Université est de 1,2 %; parmi les enfants de cadres supérieurs et de membres des professions libérales, elle est de 41 %.

Le sentiment d'avoir devant soi un destin sinon déjà tracé, du moins étroitement enserré entre des

1. *L'Intelligence gaspillée. Inégalité sociale, injustice scolaire*, Paris, Éd. du Seuil, coll. « Science ouverte », 1982.

barrières difficiles à franchir est ressenti dès la petite enfance par de nombreux jeunes. Comment ne ressentiraient-ils pas là une violence de la société à leur égard ? Plutôt que de faire les efforts nécessaires pour aller au-delà des limites tracées en respectant des règles du jeu, toujours provisoires, la tentation est grande de bousculer ces barrières par tous les moyens, ou de jeter l'éponge en faisant « comme si » sans y croire, perpétuant ainsi un « ordre » trompeur.

A la violence sournoise, diffuse, implacable d'une société qui les rejette, les persuade qu'ils sont « de trop », certains jeunes répondent par la violence affichée, ponctuelle, aléatoire des loubards, des casseurs. Une collectivité consciente de ses responsabilités devrait y voir un cri de désespoir, un cri riche d'informations utiles pour entreprendre les transformations nécessaires.

Une réflexion sur le fonctionnement de la justice et sur le rôle du système pénitentiaire amène nécessairement à évoquer la place de la violence. Mais il ne suffit pas d'en décrire les manifestations et d'imaginer les moyens de les réprimer. Ce serait vouloir lutter contre une inondation en élevant des digues de sable. Il faut rechercher les causes de ces manifestations. Notre société a mis en place de multiples mécanismes dont les objectifs initiaux étaient parfaitement honorables. Ils se sont peu à peu pervertis en sources de violence. Rétablir un peu plus de sérénité dans les rapports entre citoyens ne pourra être obtenu qu'en tarissant ces sources.

Mettre un casseur hors d'état de nuire l'empêche de continuer à casser ; ce résultat n'a guère d'intérêt si la machine à fabriquer des casseurs continue de produire. Et cette machine aujourd'hui tourne à plein rendement. Tout se passe comme si nous nous contentions d'opposer à la montée de la violence le rempart des peines.

5

Les peines

La réaction première est de punir un manquement à la règle commune. Mais la diversité des arguments donnés pour justifier la punition met en évidence son ambiguïté. Les peines infligées et leurs motifs varient d'une culture à l'autre, ou, au sein d'une même culture, d'une époque à l'autre.

En fait, la société est profondément désemparée, prise entre deux devoirs : assurer sa continuité, respecter chaque personne.

Punir, pour quoi faire ?

Vengeance, réparation, dissuasion, protection, réhabilitation sont les termes les plus souvent employés pour démontrer la nécessité de punir.

Selon la nature du forfait, selon aussi les finalités

acceptées par la société, le poids accordé à chacun de ces objectifs peut varier. En ce domaine, l'important est d'éviter l'hypocrisie. On ne peut pas prétendre punir, par exemple, au nom de la morale, quand le véritable moteur est la peur.

La *vengeance collective* est difficilement acceptable. La seule justification éventuelle serait de permettre d'éviter une vengeance personnelle.

Devant un acte scandaleux, odieux, chacun ressent le réflexe d'agresser le coupable. Il se sent investi du devoir de se venger ou de venger la victime. Mais le moteur de son action, la colère, le rend d'autant plus aveugle qu'elle se mêle souvent à une peur qui le submerge et le rend incapable de réfléchir. Laisser libre cours à la colère transforme un conflit entre individus en une source de troubles sans fin ; les exactions de l'un justifient, en représailles, les exactions de l'autre. Cet enchaînement de violence met plus en péril l'existence du groupe à long terme que le méfait initial. Ainsi, la vendetta, pratique tribale partant d'un mauvais coup lointain parfois même oublié, et qui entraîne deux clans dans des haines incessantes.

En se substituant aux individus, la collectivité se donne les moyens d'échapper aux réflexes immédiats, de vérifier si l'acte litigieux a bien été effectué par celui que l'on accuse, d'en évaluer l'importance, de retrouver un minimum de sérénité. Ce temps de réflexion permet surtout de dépasser le désir de vengeance et offre une chance de retrouver la valeur positive d'une peine.

La *réparation* n'a de sens concret que si les conséquences du méfait peuvent être effacées. Un objet volé peut être rendu. Un objet abîmé ou détruit l'est définitivement ; une injure reste une blessure souvent inoubliable. La plupart de nos actes sont en réalité irréversibles. Faire mal à l'autre, individu ou groupe, ne s'efface pas. Le plus souvent, une réparation réelle du dommage commis est hors de question. Le mot évoque en fait une expiation, une souffrance subie comme une compensation à la souffrance infligée. Mais cette notion d'expiation n'a de sens que pour une société fondée sur une religion, déléguant à une autorité divine le pouvoir de décider l'équivalence entre un sacrifice accepté et un forfait commis. Pour une société laïque, le concept d'expiation n'a guère de contenu. La réparation ne peut alors prendre qu'un sens, celui de l'amendement.

La *protection* des citoyens honnêtes est une ambition qui rencontre l'agrément général. Mais elle peut être poursuivie selon deux voies bien distinctes : soit procurer à chacun un abri efficace, soit mettre hors d'état de nuire d'éventuels agresseurs. La première voie est surtout suivie lorsqu'il s'agit de protéger la propriété. Les serrures de sûreté, les alarmes qui hurlent au moindre choc se multiplient. Mais l'imagination des voleurs est fertile, faisant de l'escalade des innovations entre futurs voleurs et futurs volés un engrenage fort lucratif pour les « gorilles » et autres sociétés de gardiennage. Engrenage peu rassurant pour la cohésion de notre société.

La seconde voie consiste à isoler le délinquant ou, à tout le moins, à lui faire porter une marque bien visible. Tous doivent le savoir, « cet individu est dangereux ».

Avec une telle étiquette, le délinquant est condamné, à vie, à la délinquance. Ainsi les voleurs étaient-ils marqués, oreilles, mains ou nez coupés, selon la loi. Aujourd'hui, notre civilisation ne se commet plus avec de tels actes de barbarie. Les procédés moins spectaculaires posent un problème d'efficacité et de coût. L'emprisonnement en est un. Comment être sûr que les prisons seront totalement étanches ? Le coût de cette sécurité ne risque-t-il pas d'être plus élevé que la valeur des dégâts éventuellement engendrés par le maintien en liberté ? Et, surtout, le régime pénitentiaire ne va-t-il pas transformer de simples délinquants, coupables de quelques vols à la tire, en criminels capables des pires forfaits ? A ces questions, les réponses restent objet de discussions.

L'*effet dissuasif* de la peine sert souvent d'argument pour justifier une certaine disproportion entre le méfait commis et la punition infligée. Le coupable est puni « pour l'exemple ». Cet argument peut être mis en cause aussi bien au nom de l'efficacité que de la morale.

La dissuasion ne peut avoir grande efficacité dans le cas de forfaits commis délibérément par des individus qui les préparent en pesant les conséquences possibles : après un tel déploiement d'imagination, un tel travail, savoir que l'échec peut coûter très cher les ferait-il reculer et abandonner leur projet ?

En réalité, la plupart des actes délictueux ne sont pas commis au terme d'un raisonnement rigoureux ; la décision n'est pas l'aboutissement d'un bilan chiffré entre les avantages en cas de réussite et les inconvénients en cas d'échec. Même la crainte de l'enfer, qui représente un châtiment plus terrible encore que la mort, n'a pas empêché des croyants de commettre des actes qui devaient les y précipiter. La crainte de Dieu n'a pas retenu le bras de Caïn ; la crainte du tribunal peut-elle retenir celui que sa passion pousse au forfait ?

Quant à l'aspect moral d'une peine infligée « pour l'exemple », il suffit d'évoquer la répression des mutineries de 1917 pour en mesurer l'horreur. La boucherie entraînée par des offensives mal préparées et sans résultat, la lassitude provoquée par l'enlisement dans une guerre qui se voulait « fraîche et joyeuse », la contagion de la révolution d'Octobre, autant de motifs dont la traduction fut le refus d'aller au combat. Dans les rangs, des soldats furent tirés au sort et fusillés devant leurs camarades. Il s'agit, cyniquement, de punir l'un pour éviter que l'autre ne commette la même action, qu'il avait pourtant l'intention de commettre. C'est finalement l'intention supposée du second qui justifie la peine infligée au premier. On peut difficilement imaginer comportement plus contraire au respect dû à chacun. Certes, ni la révolution d'Octobre ni l'objection de conscience ne se sont propagées en France ; mais ces idées y ont fait leur chemin.

Reste la *réhabilitation*, la transformation du délinquant en un homme responsable, citoyen reprenant sa place dans la société. La peine peut effectivement jouer ce rôle. La rencontre d'obstacles alimente la construction d'une personne par elle-même. Certains actes sont motivés par le désir inconscient de provoquer une réaction de l'autre, ou de la société. Même si elle est douloureuse, cette réaction participe à une construction personnelle. Le laisser-faire collectif, le laxisme ne proposent qu'un vide béant là où une réponse était attendue par celui qui enfreint la loi du groupe. Il est donc nécessaire que la société marque des limites, qu'elle édifie des barrières solides face à certaines attitudes. Mais, ce faisant, elle doit avoir conscience de répondre à un besoin de celui qu'elle réprime. Loin de l'exclure, de s'en débarrasser, elle l'aide à s'intégrer, à participer à l'histoire en cours.

Si l'on élimine les justifications le plus souvent illusoires ou hypocrites, il reste au système pénal deux fonctions essentielles : protéger la société et réhabiliter ceux qui s'en sont exclus. Ces deux fonctions sont apparemment de natures très opposées.

Pour commencer, esquissons le catalogue de ces peines.

Punir, comment ?

La façon dont nous punissons est révélatrice du regard que nous portons sur le délinquant.

Que cherchons-nous à atteindre en lui ? S'il est vu comme un objet à briser, nous ne pouvons que nous efforcer de l'abîmer ou de le détruire. D'où les peines consistant à mutiler ou à tuer. S'il est vu comme un animal parmi d'autres, nous pouvons chercher à lui infliger une souffrance liée aux besoins ou à la sensibilité de son organisme, par la soif, la faim, la torture. S'il représente une personne dotée de tous les attributs d'un homme ou d'une femme, nous pouvons l'atteindre dans ce qui fait sa spécificité : sa dignité, son respect de lui-même, son besoin de liberté.

Au-delà des déclarations grandioses par lesquelles les sociétés s'autoglorifient, regardons comment elles punissent ; nous connaîtrons leur regard sur chacun de nous. Mais la réflexion serait incomplète si elle se bornait aux peines infligées par les mécanismes de l'appareil judiciaire. N'oublions pas les situations vécues, à bon droit, comme des « peines » qui semblent n'avoir été infligées par personne. Ainsi, l'ouvrier ou l'employé qui se retrouve au chômage, son entreprise ayant jugé bon de « dégraisser » ses effectifs. Profondément atteint dans sa dignité, il évoque à bon droit l'injustice qu'il subit.

A mesure de l'évolution du regard porté sur les hommes, le catalogue des peines considérées comme justes s'est transformé. Les tortures infligées à un régicide comme Damien, avant d'être écartelé et brûlé sur la place publique, représentent une description de plusieurs pages. Elles étaient, il y a deux siècles, considérées comme parfaitement justifiées par l'importance du forfait. Aujourd'hui, nous les considérons avec horreur. Nous assimilons, fort heureusement, torture et barbarie. Mais ne fermons-nous pas trop volontiers les yeux sur des tortures morales ou psychologiques tout aussi abominables ?

Le chômeur de longue durée, en fin de droits, qui, se sentant exclu, en vient au suicide, n'a-t-il pas subi une violence ? Violence sournoise, certes.

Une autre face de l'hypocrisie de nos sociétés est la facilité avec laquelle elles acceptent d'ignorer le sort fait aux personnes reconnues coupables. Une collectivité n'est réellement démocratique que si les décisions qui y sont prises sont décidées au nom de tous. Cela suppose une information exacte et complète sur les motifs et les conséquences de ces décisions, y compris celles de la justice. Toute peine infligée à un délinquant l'est au nom de tous les membres de la société. Qu'un prisonnier soit mis au mitard, cette prison au cœur de la prison, peut être une décision discutable. Prise dans le secret, hors de tout contrôle populaire, elle est inadmissible. Quelles que soient les peines, leur justification passe par l'information sans restriction qui doit en être donnée.

Insistons sur cette évidence : la démocratie implique que chaque citoyen soit informé de la totalité des actes effectués en son nom et puisse s'en sentir responsable. Notre société est loin de parvenir à cet idéal.

« Peine » de mort

Une mort d'homme, un choc insupportable. Il y avait en face de moi une personne, un regard. Brusquement, il n'y a plus que l'enveloppe d'un néant. Le monde a basculé, absurdement.

« Ni le soleil ni la mort ne peuvent se regarder en face », a écrit La Rochefoucauld. Depuis qu'ils s'efforcent de comprendre l'Univers, les hommes ont cherché à fournir une présentation de cet événement leur permettant de surmonter l'angoisse insondable de cette disparition. Ils l'ont biaisée, en admettant que « quelque chose », qui n'est pas une chose, poursuit l'aventure commencée par le corps : un esprit, une âme dotée d'éternité, ou capable de revenir s'incarner dans un autre corps, participant à un cycle sans fin.

Il me faut bien l'admettre, les autres sont mortels ; l'expérience me le prouve. Mais moi ? La preuve jamais ne m'en sera donnée. Je veux bien admettre, par pure raison, que je suis soumis au même destin que tout homme. J'accepte de faire semblant. Je me proclame mortel ; c'est une nécessité logique. Mais, à la vérité, je garde en moi, bien enfouie dans mon trésor secret, une certitude d'éternité.

A l'évidence, je ne serai jamais mort : comment pourrait-on dire « je » une fois mort ?

La mort, définitivement, est le grand mystère. Par quelle aberration effrayante certains peuvent-ils évoquer la « peine » de mort ? La mort est tout sauf une peine. La peine la plus insupportable, infligée par la nature à tous les hommes, est la peur de la mort, non la mort.

Accepter la peine de mort dans l'arsenal des lois, c'est proclamer ouvertement que la civilisation dont on se réclame n'a pas atteint une véritable dimension humaine.

Qu'un État puisse délibérément, froidement décider d'enlever la vie à un homme est un non-sens primitif. Les mots eux-mêmes révèlent l'erreur. Il s'agit, paraît-il, de « donner » la mort ; comme si la mort pouvait être un don. La mort est absence, elle est privation, elle est non-tout. La présenter comme un don est énoncer un mensonge. « Donner » la mort à un autre, quelles qu'en soient les raisons, c'est tenter désespérément d'écarter de soi la fatalité de la mort. La donner à un autre, c'est, espère-t-on, l'éloigner de son propre corps. Espoir vain, toujours déçu, pour l'ensemble du corps social.

Toutes les décadences ont été l'occasion d'une recrudescence du goût pour les spectacles où la mort est infligée à des hommes perçus comme lointains, différents, non hommes. Lorsqu'ils ont cru n'avoir plus rien à conquérir ou se sont sentis incapables de poursuivre leurs conquêtes, les Romains ont compensé le vide de leurs petites satisfactions quotidiennes par les spectacles du Colisée où, par milliers, esclaves, chrétiens ou gladiateurs étaient sacrifiés pour la plus grande joie du peuple.

La mort n'est pas une peine. Elle n'est pas non plus un jeu ou un moyen au service d'un quelconque objectif. Elle ne « sert » jamais à rien. Heureusement.

Bien sûr, dans ma colère ou dans mon besoin de punir un acte particulièrement ignoble, je suis capable de désirer tuer le coupable, et même de passer à l'acte. Cette réaction individuelle, spontanée, irréfléchie n'a rien à voir avec la décision mûrement délibérée d'une collectivité uniquement soucieuse de préserver son ordre intérieur. L'acte n'est plus dicté par la colère ; il est le résultat d'une lente procédure, dont toutes les phases ont été conformes à un code.

La peine de mort empêcherait les éventuels assassins de passer à l'acte. Effrayés par l'énormité du risque encouru, ils renonceraient à leur projet ou à leur pulsion du moment : argument couramment proposé. On justifie ainsi la mort infligée aux meurtriers en prétendant qu'elle peut éviter la mort des victimes potentielles : « avant de commettre leur crime, les criminels en puissance y réfléchiront à deux fois ».

Comme si un assassin réfléchissait ! La presque totalité des meurtres sont commis par des individus menés par la haine, par la peur, par la colère, dans un état de passion rendant impossible toute réflexion. Ils sont face à un autre qu'il leur faut faire disparaître sans délai. Ils sont prisonniers d'un enchaînement d'actes d'où est exclue toute rationalité. Certes, il existe des crimes froidement préparés, programmés. Mais l'individu ou le groupe qui prépare son forfait se conforme alors au mécanisme d'une société, qui affirme, pour se protéger, pour préserver son ordre, son droit de tuer. Si la mort est considérée comme une peine par l'État, pourquoi ne le serait-elle pas tout autant par un clan quelconque, mafia, cartel de la drogue, société secrète ou famille soucieuse de venger son honneur ? Insérer la peine de mort dans l'arsenal des moyens fournis au système judiciaire n'est sans doute pas justifier les criminels ; c'est, tout au moins, banaliser l'assassinat.

La plupart des États gardant encore aujourd'hui la mort dans l'arsenal juridique des peines éprouvent une certaine honte à annoncer cet acte irréversible ; ils en diffèrent souvent l'exécution. Ainsi, l'Arizona, un État de l'Ouest des États-Unis, n'avait pratiqué aucune exécution depuis 1963. Sous la pression populaire (selon les sondages, 80 % de la population y serait favorable), la tradition a été reprise en avril 1992. Pour l'ensemble des États-Unis, après un arrêt de toute exécution durant dix années, de 1967 à 1977, le rythme antérieur a été retrouvé ; 168 condamnés ont été mis à mort de 1977 au début de 1992 par des moyens divers (chaise électrique, injection de produits mortels, chambre à gaz...). Honteusement ou non, une peine existe pour être exécutée.

En France, depuis la Révolution, la technique de mise à mort était la guillotine. Contrairement à la légende, cet appareil n'a pas été inventé par le docteur Guillotin. Député à l'Assemblée constituante, il a seulement eu la louable initiative de demander au roi l'« égalité devant le bourreau », c'est-à-dire le même supplice pour tous, nobles ou non. L'Assemblée se prononça pour la décapitation et l'utilisation, pour abréger les souffrances des suppliciés, de la guillotine. Le bon docteur fut, paraît-il, très chagriné de voir son nom donné à cet instrument.

Jusqu'à la dernière guerre, les exécutions étaient publiques ; la foule s'y pressait d'autant plus nombreuse que le condamné avait été rendu célèbre par son procès, occasion d'étaler ses forfaits. Ce spectacle constituait un élément essentiel du supplice ; en étant témoin, le peuple participait à l'exécution de la sentence. La suppression du spectacle a été un premier pas vers l'abandon de cette peine.

Mais il fallut attendre 1981 pour que notre pays rejoigne enfin le camp de ceux qui y avaient définitivement renoncé.

Sévices corporels

Enlever la vie est l'aboutissement extrême du désir de punir le délinquant en son corps.

Dans le concept de peine, la douleur a toujours joué un rôle important. De même qu'en médecine elle fut longtemps considérée comme un passage obligé vers la guérison, la douleur a longtemps racheté le crime en matière de justice : pour guérir de ses mauvaises actions, il fallait souffrir. Dans l'inconscient collectif, les traces de tels concepts restent vivantes : une faute s'apparente à une maladie.

L'idée d'une souffrance infligée comme la réparation du mal commis est fort ancienne. Son expression juridique est la « loi du talion » : œil pour œil, dent pour dent. Le criminel subit en punition de son acte un mal identique à celui qu'il a infligé à la victime. Cette loi fait partie du célèbre code adopté par l'ancien empire de Babylone, sous le règne d'Hammourabi, dix-huit siècles avant Jésus-Christ.

Cette punition peut satisfaire un certain besoin d'équivalence, mais elle pose un problème : chaque acte est unique. Comment l'équivalence pourrait-elle exister ? Rapidement, en Palestine, puis à Rome, s'imposa l'idée que justice peut être obtenue non en crevant l'œil de celui qui a crevé le vôtre, mais en recevant la valeur estimée de cet œil. L'offenseur ne subit plus une mutilation ; il paie une amende.

Mais, surtout, la loi du talion s'inscrit dans une justice où les seuls protagonistes sont la victime et l'offenseur ; la société ne joue qu'un rôle de témoin. Certes, elle fournit les moyens de coercition nécessaires et oblige l'offenseur à se soumettre à la peine, mais elle n'est pas réellement partie. Or un acte criminel ne porte pas préjudice seulement à la victime ; il met en péril l'ordre social. Aux côtés de la victime, la société doit se sentir visée et exiger réparation.

C'est dans cet esprit que la plupart des cultures donnent grande publicité aux châtiments corporels qu'elles infligent aux délinquants ; les sévices subis sont choisis de façon à être spectaculaires : le bourreau opère sur une estrade ; le peuple assemblé ne perd rien du spectacle. La peine du pilori est un exemple. A Paris, avant la Révolution, le pilori était une petite tour d'un étage, au cœur de la halle aux poissons. Les fenêtres supérieures étaient parcourues par un large cercle de fer percé de trous où l'on faisait passer la tête et les bras du condamné. Il restait ainsi exposé trois jours de marché consécutifs, durant deux heures chaque jour, afin que nul n'ignorât sa condamnation.

Cet étalage de sévices produit cependant un effet boomerang plus dangereux encore pour la société que le délit initial. Le spectacle de la douleur ne provoque pas que dégoût et horreur. Justifié par le sentiment que le supplicié a largement mérité son châtiment, chacun peut donner libre cours au plaisir sadique d'une émotion qui satisfait les pires pulsions de cruauté, de destruction, d'avilissement. Avant la Révolution, les sentences des tribunaux témoignent souvent de ce sadisme : l'objectif n'est plus que justice soit faite, mais que soit satisfait le « cruel plaisir de punir ». Les exécutions capitales sont alors souvent précédées de supplices divers énumérés avec précision et savamment dosés durant plusieurs jours : le condamné doit survivre le plus longtemps possible et garder sa conscience « jusqu'au bout de ses peines ».

Michel Foucault constate qu'ainsi « les rôles sont inversés. L'infamie se retourne ». La cruauté affichée par le pouvoir se diffuse dans le peuple. Si, pour quelques jours, à l'occasion d'une émeute, il dispose à son tour du pouvoir, il n'hésitera pas à brûler, à éventrer, à brandir des têtes au sommet des piques.

Accepter de faire figurer les châtiments corporels dans l'arsenal de la répression, c'est mettre en place une société où l'ordre apparent draine une violence latente, toujours prête à exploser.

Cette évidence n'a été comprise que bien tard par la plupart des cultures. Nous pouvons, à bon droit, être scandalisés par des pratiques dignes de l'Inquisition qui n'hésitait devant aucune torture ; ainsi, la condamnation des voleurs à avoir le poignet coupé, encore en vigueur dans de nombreux pays. Mais, dans ce domaine aussi, l'indignation se double facilement d'hypocrisie. Nous savons, mieux qu'au Moyen Age, torturer les organismes en gardant les mains intactes et, essaie-t-on de se persuader, la conscience propre : certaines des pratiques pénitentiaires de notre propre pays sont en totale contradiction avec le respect affirmé pour la personne des condamnés.

Amendes

Plutôt que d'atteindre le délinquant dans son corps, on peut chercher à l'atteindre dans ses biens. Une équivalence peut ainsi s'établir entre chaque catégorie de méfaits et le « prix à payer », en réparation. Dans les sociétés actuelles, où tous les biens ont une valeur exprimée au moyen d'une monnaie, ce prix à payer est une amende dont le montant est fixé par le système judiciaire.

Ce genre de peine peut évidemment être efficace du point de vue de la réparation matérielle. Il ne l'est guère pour les objectifs que nous avons passés en revue. Certes, la crainte d'avoir à payer une amende élevée peut être dissuasive ; mais cet effet n'est réel que pour les infractions bénignes, tels le stationnement illicite, ou le retard dans le paiement des impôts. Lorsqu'il s'agit d'agressions graves, la simple évocation d'une équivalence entre le crime commis et la somme d'argent imposée comme punition banalise ce crime.

Mais surtout, pour être réellement dissuasif, le montant de l'amende doit tenir compte, en plus de la gravité de l'acte commis, de la fortune du délinquant. Faute de quoi, la société admettrait implicitement que certains délits sont interdits aux pauvres et permis aux riches. Il n'est guère difficile de trouver dans nos sociétés des exemples de cette justice « à deux vitesses »; ériger cette attitude en principe du droit risquerait d'entraîner de graves conséquences.

Une personne fortunée condamnée à une amende ne vit pas cette condamnation comme une peine. Pour un même délit, infliger à un chômeur et à un industriel une amende de 5 000 francs représente pour l'un une anecdote de la rubrique « pertes et profits », le coût d'un risque calculé qui peut éventuellement « rapporter gros ». Pour l'autre, c'est un pas de plus vers l'exclusion.

Dans une société obsédée par la course à la richesse, la tentation de l'enrichissement frauduleux est permanente. La réaction du système judiciaire pour réprimer ces fraudes conduit nécessairement à une justice non égale pour tous : au riche on inflige une amende sachant qu'il peut la payer ; au pauvre, qui en est incapable, on inflige une peine de prison. Pour le premier, il s'agit d'un incident de parcours vite oublié ; pour le second, d'un drame lourd de conséquences pour sa vie entière.

Dans certains pays comme les États-Unis, cette justice à deux vitesses est accentuée, au moment de la mise en détention provisoire. Le recours à la caution, versement d'une somme d'argent au Trésor, est de droit pour tous et applicable à la quasi-totalité des infractions. Elle est fixée par le juge en fonction de la gravité de l'acte, du préjudice subi par la victime et des ressources de l'auteur. Mais les pratiques sont très variables d'un comté à l'autre, des cautions sont parfois si élevées que seules les personnes fortunées peuvent s'en acquitter.

Être assez fortuné pour payer l'amende sans difficulté, c'est se trouver en position d'acheter le droit de commettre un délit. Celui-ci devient une marchandise comme une autre, caractérisée par son prix. Si l'argent a le privilège de permettre ce qui est normalement interdit, la base même du droit hérité des Lumières est mise en question.

Bannissement – bagnes

Lorsque l'objectif premier est de protéger les citoyens et lorsque l'on répugne à utiliser la « peine de mort », le bannissement paraît une sanction efficace ; le délinquant est envoyé « ailleurs ». Encore faut-il être assuré qu'il n'en reviendra pas trop rapidement. Les difficultés techniques ont fait apparaître tardivement cette peine dans les législations.

La Grande-Bretagne a envoyé en Amérique, dès le début du XVIIe siècle, ceux que l'on désirait éloigner. Les colonies de peuplement permettaient à la fois de se débarrasser de quelques indésirables et de rendre productifs de nouveaux territoires. Le processus se heurta assez rapidement à la mauvaise volonté des autorités locales. Avec la révolution des États de la Nouvelle-Angleterre, les Anglais durent trouver de nouveaux territoires poubelles ; ce fut un temps l'Australie ; mais on y découvrit un jour de l'or, on y développa l'élevage des moutons ; il fallut renoncer à y envoyer des forçats.

En France, les bagnes ont été précédés par les galères ; les condamnés étaient envoyés ramer sur les vaisseaux de la marine royale, dans des conditions dont on imagine l'inhumanité. Au milieu du XVIIIe siècle, les navires à rames furent abandonnés en raison des progrès accomplis dans le maniement des voiles. On enferma alors les « galériens » dans des bâtiments portuaires autrefois utilisés comme bains ; ces « bagni » donnèrent son nom au bagne. Toulon, Brest, Lorient, Rochefort en furent ainsi dotés. Les forçats y étaient enchaînés par couples et contraints aux travaux les plus rudes. Un canon « chargé à mitraille », constamment dirigé sur le bagne, se tenait prêt à réprimer dans le sang toute tentative de rébellion. Rares, dans ces conditions, étaient les évasions.

Sous la pression de l'opinion, ces bagnes furent progressivement supprimés au cours du XIXe siècle au profit de la « transportation » dans des colonies éloignées, Guyane, puis Nouvelle-Calédonie. Cet éloignement permettait de se débarrasser définitivement de ces indésirables ; il était aussi bien utile pour permettre à la collectivité d'oublier les condamnés, de ne pas assumer le châtiment infligé.

Isolé dans l'île du Diable, face à Cayenne, le capitaine Dreyfus, à l'abri des regards, aurait pu être oublié de tous. Exilés en Nouvelle-Calédonie, les communards ne risquaient plus de mettre en danger les fondements d'une société fondée sur la propriété.

La Russie, puis l'URSS ont eu la chance de disposer d'un immense « ailleurs »; l'expédition des éléments subversifs en Sibérie a été un moyen largement employé par les tsars, puis par Staline.

Aujourd'hui, sur une Terre bientôt saturée d'hommes, rares sont les États qui disposent de territoires où envoyer les « indésirables ». Et surtout, les moyens actuels de télécommunication sont tels que rien n'y peut être fait sans que ce soit connu.

Aujourd'hui, des satellites pourraient nous apprendre chaque jour à quelle heure le capitaine Dreyfus a fait sa promenade autour de sa case prison.

Le seul recours est de renvoyer dans un autre État ceux que l'on ne peut accepter d'héberger, d'où des querelles sans fin à propos des extraditions.

Emprisonnement

Comment punir en étant à la fois juste et efficace ? La peine de mort est indigne d'un État civilisé. Les sévices corporels, les tortures ramènent une collectivité à la barbarie. Les amendes induisent une justice variable selon la fortune. Le bannissement est devenu pratiquement impossible. Il faut trouver un autre angle d'attaque. C'est ce que font nos sociétés par le recours généralisé à l'emprisonnement.

Un homme ne dispose pas seulement de son corps et de ses biens. Il n'est véritablement humain que s'il dispose aussi d'un espace de liberté. Ce besoin de liberté le rend d'autant plus vulnérable qu'il est plus profondément ressenti. Si la société doit le punir, il lui suffit de le priver d'une partie de cet espace. De multiples moyens sont imaginables pour y parvenir selon la nature de la liberté que l'on cherche à supprimer : liberté d'expression, liberté de contact avec les autres, liberté de circuler. Étrangement, notre société, au lieu de moduler la privation de liberté pour établir les peines, a recours systématiquement, dès qu'une certaine gravité de l'acte délictuel est dépassée, au moyen qui supprime pratiquement toutes les libertés matérielles et sociales : la prison.

Observons de plus près certains des mécanismes en œuvre, plus évidents encore dans le contexte de précarité économique dans lequel nous vivons. Une société de compétition enferme chacun dans la peur d'être exclu, au risque de maintenir des vies entières derrière les murs invisibles du conformisme. En fait, sans le proclamer, elle fait de la suppression graduelle des libertés un moyen de pérenniser une société de gagnants. Ces mécanismes sont loin de l'idée de justice !

Le recours à la prison reste un moyen de punir au nom du « peuple français ». Il est devenu si banal, si automatique que nous ne nous interrogeons plus sur son bien-fondé. Lorsque les prisons sont pleines, la mesure à prendre semble évidente :

en construire de nouvelles. Cette « évidence » simpliste cache une absence de réflexion. Essayons de nous interroger et de décrire le cheminement qui a abouti à la situation actuelle de la plupart des pays développés : une population carcérale en accroissement explosif.

Le recours à la prison en tant que peine est en fait une invention récente. Certes, depuis longtemps, les condamnés sont enfermés dans des culs-de-basse-fosse, où ils croupissent en attendant l'exécution du châtiment. Mais l'emprisonnement n'est pas alors infligé comme une peine ; il ne sert qu'à empêcher la fuite du condamné. Ainsi, Vercingétorix est-il resté six années dans la prison Mamertine à Rome avant d'être obligé de participer, enchaîné, au triomphe de César et d'être mis à mort.

La première prison, au sens actuel du terme, a été construite à Philadelphie en 1790. Elle concrétisait les souhaits des philosophes du siècle des Lumières, scandalisés par le sort fait alors aux délinquants ; elle représentait donc une avancée indéniable vers un peu plus d'humanité. L'objectif poursuivi était double : empêcher l'individu de poursuivre ses méfaits, mais surtout le remettre sur le droit chemin, en faire un citoyen. A l'époque, la théorie prévalant reposait sur la vertu de l'isolement ; face à lui-même, à l'abri de l'influence des autres condamnés, chacun devait pouvoir trouver en soi-même la force de s'amender.

Dans cette voie, certains théoriciens ont proposé de construire des prisons circulaires, dans lesquelles chaque cellule aurait une unique fenêtre permettant au prisonnier de voir le gardien installé dans la tour centrale, à l'exclusion de toute autre perspective. Quant au gardien, il pourrait en permanence surveiller toutes les cellules. Il semble que de telles prisons modèles, baptisées « panopticons » par leur inventeur, n'aient en fait jamais été réalisées.

Depuis deux siècles, les théories se sont succédé. Fallait-il préserver un isolement rigoureux ou faire travailler les détenus dans des ateliers collectifs ? Fallait-il tenir compte de la conduite du prisonnier pour alléger la peine infligée, ou accepter comme intangible la décision de la justice ? Le débat essentiel portait sur la finalité de l'institution : son rôle premier est-il de protéger la société en empêchant de nuire ou de transformer les mauvais sujets en bons citoyens ?

Il n'est sans doute guère de domaines où l'hypocrisie ait été, et reste, aussi profonde. Toutes les déclarations placent la réhabilitation avant la protection de la société, mais toutes les mesures concrètes privilégient la protection. La pression sociale alimentée par les campagnes « sécuritaires » est la plus forte. Le citoyen honnête, victime des agresseurs, des voleurs, des casseurs, voit d'un mauvais œil une part de ses impôts servir à l'éducation de ceux dont il a été victime ; les slogans évoquant les « prisons trois étoiles » sont toujours efficaces, alors même qu'ils ne correspondent à aucune réalité.

Aujourd'hui, une réflexion est nécessaire non seulement sur les objectifs, mais sur les moyens de la privation de liberté. La prison, avec ses murs, ses grilles, ses gardiens, est-elle réellement nécessaire ? Observons avant tout comment fonctionne l'institution qui dispose de cette peine.

6

L'institution judiciaire

Une société s'organise à partir de règles régissant les rapports entre individus, l'exercice du pouvoir, le système de production, les mécanismes de l'échange. Les unes et les autres maintiennent la cohésion du jeu social. Dans les sociétés modernes, certaines restent tacites ; d'autres, de plus en plus nombreuses, sont codifiées par une Constitution.

Les institutions de l'État ont pour mission de les servir. Lorsque des conflits éclatent entre les personnes ou entre les individus et la société, le rôle du système judiciaire est d'intervenir pour faire respecter le droit.

Le droit

Le terme de droit désigne l'ensemble des règles organisant la société ; elles définissent le statut des personnes et réglementent les relations politiques, économiques, humaines qui s'établissent entre elles. Il désigne aussi les prérogatives que chaque personne peut tirer de cet ensemble, ainsi dans l'expression « réclamer son droit ».

Le droit est présent dans toutes nos activités : acheter un ticket de métro, c'est passer un contrat avec la RATP ; conduire sa voiture, c'est s'engager à respecter le Code de la route ; enregistrer la naissance d'un enfant à la mairie, c'est l'identifier parmi les membres de la société.

Dès que des hommes vivent en groupe apparaissent des règles de comportement. Depuis les plus anciennes sociétés humaines, ces règles se sont multipliées, complexifiées, transformées. Le droit est une invention des hommes, une construction sociale. Le concept de « droit naturel » ne peut avoir de contenu ; la nature ne connaît que le déroulement implacable des mécanismes. Le droit humain ne peut être immuable. Il est une invention des hommes, une construction sociale. Il n'existe pas en soi, en dehors de la volonté humaine. Il résulte des lois écrites ou des coutumes ayant acquis force de loi. Il traduit, à un moment donné, l'évolution et le développement d'une civilisation.

Ainsi le droit de propriété : dans les sociétés primitives, le territoire appartenait à l'ensemble de la tribu, formant un tout solidaire ; un individu ou une famille n'existant pas hors de la tribu, il était hors de question qu'ils s'approprient quoi que ce soit.

Dans notre République, le pouvoir de proposer, de discuter et de voter les lois, donc celui de définir le droit, est dévolu au Parlement, où siègent les représentants élus des citoyens. Le président de la République a la responsabilité de les promulguer et de les faire appliquer. Électeur, le citoyen a délégué son pouvoir ; c'est en son nom que les lois sont élaborées. En retour, il est tenu de s'y conformer.

« Nul n'est censé ignorer la loi »... Encore faut-il qu'il en soit informé. Ce principe de base souvent répété exclut tout prétexte d'ignorance pour justifier le non-respect d'un texte de loi ; idée, certes, excellente, mais fort illusoire dans la réalité quotidienne : le citoyen, coauteur de la loi par ses représentants, est censé la connaître ; comment pourrait-il être parfaitement informé du millier de lois adopté chaque année ? Les auteurs du précepte avaient ignoré la complexification croissante de notre société. Cette multiplication n'est pas le fruit d'un délire législatif ; ce qui pouvait autrefois être résolu par quelques règles plus ou moins tacites nécessite aujourd'hui des textes précis.

Aux premiers jours de l'automobile, un Code de

la route n'était pas indispensable. Le nombre accru des véhicules et des conducteurs, l'intensité de la circulation, les nouvelles performances des automobiles ont accentué le nombre et la gravité des accidents, rendant obligatoire la possession d'un permis de conduire, attestant de l'aptitude du conducteur à respecter le Code de la route. Pour autant, les règles évoluent, sans qu'il soit jugé indispensable de contrôler les connaissances des conducteurs.

Le droit a dû évoluer pour s'appliquer aux situations nouvelles nées du bouleversement des techniques, avec des conséquences parfois lourdes de sens. C'est le cas des lois concernant la sécurité collective. Les industries produisent et manipulent des produits dangereux susceptibles d'être à l'origine de catastrophes impliquant les populations entières : Tchernobyl, Bhopal ou Seveso restent, des années après l'accident, le théâtre de nouveaux drames. Une législation mondiale de l'environnement reste à inventer.

En démocratie, les citoyens participent, par l'entremise de leurs représentants, à l'élaboration des lois. Ils peuvent alors s'y reconnaître et accepter les contraintes qu'elles impliquent. La pratique semble s'éloigner de cet idéal. Les citoyens français ont-ils eu la possibilité de discuter des règles de sécurité des centrales nucléaires ? Par ailleurs, ont-ils été consultés à propos de la législation des produits issus du corps humain, l'ont-ils été au sujet des mères de substitution ou des conditions d'adoption ? Ont-ils été suffisamment informés pour prendre part à une réflexion collective permettant leur intervention dans la définition du droit ? Ils sont pourtant directement concernés. Un fossé se creuse entre ceux qui font la loi, ceux à qui elle s'applique et ceux pour qui elle est appliquée. La difficulté des techniques en est, certes, l'une des causes. Mais le fossé trouve aussi une source dans des structures sociales héritées de l'histoire, grâce auxquelles nous admettons trop confortablement une attitude paternaliste de la part de ceux qui détiennent savoir et pouvoir, face à ceux qu'il s'agit de protéger. Au nom de l'efficacité, il est tentant d'accepter l'autorité de l'expert ; autorité qui peut facilement devenir absolue et nous éloigner très vite d'une véritable démocratie.

Il arrive, lors de circonstances exceptionnelles, que des hommes se rassemblent, fassent pression, influencent le déroulement naturel de l'histoire et provoquent un changement radical des structures. Hors de ces épisodes de « révolution », les institutions restent le plus souvent conformes à la volonté d'un groupe dominant dont l'objectif est de préserver son pouvoir. C'est le plus souvent à partir et autour de ce groupe dominant que le droit s'est élaboré, la justice s'étant progressivement mise en place pour faire appliquer les lois écrites par ceux qui dominent. Le droit n'est plus alors que l'un des moyens de préserver les structures du passé.

La nécessaire évolution du droit suivant les possibilités offertes aux hommes par les progrès des techniques ou des mœurs n'est pas toujours clairement perçue. Le droit n'étant pas une science exacte, ses règles donnent lieu à des interprétations d'autant plus nombreuses que la société est complexe.

Le biologiste évoque souvent la complexité des êtres qu'il étudie. Le juriste est confronté à une complexité tout aussi grande. Pourtant, une différence essentielle rend leurs positions incomparables. Le biologiste est face à des lois de la nature ; le juriste a affaire à des lois édictées par des hommes. Le biologiste va au-devant d'une réalité existant hors de la volonté humaine ; le juriste travaille sur une réalité qui n'a d'existence que par la décision des hommes. Le biologiste étudie les conséquences des déterminismes mis en place par le patrimoine génétique ; le juriste tire les conséquences de la capacité de l'homme à maîtriser son destin, à façonner des sociétés selon des normes dont l'humanité et l'histoire des hommes sont les sources.

Il n'y a pas si longtemps, les pères avaient le droit de vie et de mort sur leurs enfants ; encore plus récemment, un vol commis par une servante était puni du gibet. Tout récemment, l'avortement était considéré comme un crime.

Les normes, au long du développement d'une civilisation, se transforment. Le droit est le reflet de cette évolution ; il n'en est pas la cause. Il serait illusoire de vouloir transformer une société en modifiant les règles codifiées par le droit avant que la transformation des rapports entre les personnes n'en permettent l'application. Une évolution n'est réellement possible que sous la pression de l'ensemble des citoyens. Pression toujours fragile, toujours provisoire : rien n'est jamais acquis, ni dans la progression ni dans la régression des droits.

Dans le passé, la cellule familiale était un lieu de non-droit où le chef de famille était « maître chez soi ». De nos jours, la société se reconnaît un droit de regard sur la vie familiale et pose de plus en plus de limites à certaines pratiques éducatives. Il en est ainsi de la répression des violences exercées sur les enfants.

La correction paternelle était autrefois reconnue comme un droit. L'évolution des mœurs a transformé la pratique, repoussant peu à peu la correction physique dans le domaine de l'interdit. Depuis quelques années, de nombreuses dispositions législatives sont intervenues pour assurer la protection de l'enfance et assigner aux parents une mission éducative à l'égard de leurs enfants. Ceux-ci ne sont plus la « propriété » des parents, ils deviennent maintenant des sujets de droit.

L'entreprise a longtemps été considérée comme un lieu où le patron était le seul maître à bord. Son pouvoir disciplinaire s'apparentait à celui du chef de famille : on parle encore, à propos de l'entreprise, d'une « zone de non-droit ». Certes, l'autorité patronale ne se manifeste pas sous forme de coups – du moins en apparence ; mais elle dispose d'une arme souvent plus douloureuse pour le salarié : la mise à la porte. Face au règlement interne fixant les conditions de travail, les salaires, les rythmes de vie et de production, l'employé ne peut souvent que se soumettre ou renoncer à être embauché. En cas de délit, cette loi interne se superpose à celle de la société : un vol commis au sein de l'entreprise est vécu bien souvent à la fois comme une faute sociale et comme une faute à l'égard de l'employeur, provoquant une double sanction ; celle qui est prévue par le Code pénal ajoutée à la perte de l'emploi.

Sous la pression organisée des salariés, la législation a progressivement mis des bornes au pouvoir du chef d'entreprise. Le conseil de prud'hommes, composé de juges élus par les salariés et les employeurs, existe désormais pour trancher les litiges. La pratique force cependant à ce constat : selon l'intensité de la vigilance exercée par les employés pour le faire respecter ou selon le bon vouloir des directions, le droit social s'exerce plus ou moins d'une entreprise à l'autre.

Le pouvoir du juge

Si précis soient les textes, ils ne peuvent apporter une réponse claire chaque fois qu'un conflit éclate. Une interprétation est nécessaire, qui suppose une intervention humaine. C'est là le rôle du juge. Face à des hommes qui s'opposent entre eux ou qui s'opposent à la collectivité, le juge est l'homme qui parle au nom de la société.

Sa première fonction est d'établir les faits constitutifs du litige. Il détermine ensuite les règles applicables et vérifie si elles ont ou non été transgressées, puis s'efforce de trouver une solution. Cette solution peut être par exemple, pour un litige entre individus, une condamnation civile ; ou, pour un litige entre des individus et la société, une condamnation pénale.

La fonction d'un juge est donc double ; il serait caricatural de réduire son rôle, comme on le fait couramment, et de ne voir en lui qu'un distributeur de peines plus ou moins lourdes selon son humeur. Il se doit d'arbitrer les conflits et de proposer une médiation qui puisse être acceptée par tous. Une fois la sanction prononcée et exécutée, les parties engagées et la société doivent pouvoir se considérer comme quittes envers qui a transgressé les règles communes.

Pour exercer cette fonction, le juge s'appuie sur l'ensemble des textes et principes qui définissent le droit. Ce droit n'étant pas une science rigoureuse, de multiples interprétations sont possibles.

Tranchant les différends, décidant ainsi du sort d'autres hommes, le juge assume la responsabilité considérable d'engager irrémédiablement l'avenir des personnes jugées. La question se pose : quelle est la légitimité de ce pouvoir ?

Désignation des juges

Dans les sociétés primitives, le rôle du juge était dévolu au Conseil des anciens. Peu à peu, les fonctions liées au droit, à sa définition ou à son application ont été associées étroitement aux fonctions religieuses. Lorsque le chef est de droit divin, il agit et parle au nom de Dieu ; c'est donc à lui de dire le droit et de rendre la justice, tel Saint Louis sous son chêne.

Souvent, les premiers juges ont été des prêtres : en Occident, les facultés de droit ont grandi à l'ombre des cathédrales. Longtemps, l'Église a joué un rôle déterminant dans le système judiciaire. Les tribunaux ecclésiastiques ont été en charge de la quasi-totalité de l'activité des hommes.

Dans le royaume de France, la justice était rendue par la noblesse de robe. A la fin de l'Ancien Régime, les charges de judicature étaient vénales et patrimoniales : l'argent et la filiation constituaient la légitimité de leur pouvoir. Mettant fin à ce mode de recrutement, la Révolution établit la prédominance de la nation des citoyens, représentée par l'État. Elle fait du juge un fonctionnaire intégré à l'appareil de l'État. Tout citoyen peut devenir juge.

Le développement de la société a permis à l'institution judiciaire de se démocratiser. Dans le même mouvement, ce développement contraignait cette institution à évoluer. Aujourd'hui, l'École nationale de la magistrature est le point de passage obligé des futurs magistrats. Cette laïcisation peut, certes, être datée de 1789, mais les causes du bouleversement dont elle provient sont beaucoup plus complexes. Elles sont liées à un développement profond et général de la société.

Dans l'idéal d'une démocratie, tout citoyen peut être chargé de faire appliquer le droit. Dans la pratique, les statistiques démentent l'égalité proclamée : fort peu nombreux sont les juges issus des catégories défavorisées de la société. Le problème de la légitimité du pouvoir du système judiciaire reste posé.

La solution adoptée aux États-Unis est de faire élire les juges. Les membres de la collectivité choisissent ainsi leur justice. Dans d'autres États, tel le nôtre, le juge détient sa légitimité de la loi, qui lui reconnaît le pouvoir de juger.

Le système américain peut paraître plus logique. Il ne revendique pourtant en rien l'indépendance des juges, chère à nos démocraties. Si les juges américains sont indépendants de l'État, donc du pouvoir officiellement établi, ils sont liés à la société dominante : ils sont de simples mandataires de leurs électeurs.

A l'inverse, notre système se donne pour objectif de rendre le juge indépendant de la société dominante.

Si, auparavant, les représentants des assemblées parlementaires jouaient un rôle dans la nomination des juges, la Constitution de 1958 a intégré totalement et sans équivoque le pouvoir judiciaire dans l'appareil d'État sous la responsabilité du président de la République.

Le pouvoir judiciaire s'est transformé en autorité judiciaire. Le futur juge reçoit à l'École de la magistrature l'essentiel des recettes techniques lui permettant d'exercer son métier. Mais cette formation ne consacre que peu de temps au sens de la peine. Le contact avec la prison, qui sera pour certains la toile de fond de leur carrière, se borne à un stage d'une semaine à quinze jours, pendant lequel, à l'image du futur ingénieur exécutant un stage d'ouvrier, on le voit souvent remplir les fonctions de gardien.

L'acte de juger

L'acte de juger est la phase terminale d'un drame à plusieurs personnages : les parties ou leurs représentants, les avocats ; le prévenu, ou, devant la cour d'assises, l'accusé ; le ministère public, magistrat représentant la société ; le juge, assisté, dans le cas de la cour d'assises, d'un jury populaire composé de citoyens tirés au sort à partir des listes électorales.

Le Code pénal répartit les infractions selon leur gravité en trois catégories :

– les crimes, considérés comme les infractions les plus graves, sont jugés par la cour d'assises. Entrent dans cette catégorie les assassinats, les viols, les vols à main armée, mais aussi certains actes qui ne mettent pas obligatoirement la vie d'autrui en danger, comme le faux en écriture publique ;

– les délits, infractions estimées moins graves, jugés par le tribunal correctionnel. Sont concernés les coups et blessures volontaires et la plupart des atteintes contre les biens ;

– les contraventions, infractions bénignes, tels les abus de stationnement, sont jugées par le tribunal de police.

En principe, toute affaire, à l'exception des affaires mineures, est, à la demande d'une partie au procès ou du représentant de la société, réexaminée et jugée une deuxième fois au niveau de la cour d'appel.

Pour les crimes, en raison de la présence, aux côtés de magistrats professionnels, d'un jury composé de neuf citoyens, les arrêts de la cour d'assises sont sans appel.

L'institution judiciaire doit, en théorie, satisfaire les principes d'égalité devant la justice et de respect des libertés. Pour y parvenir, elle assure l'indépendance du juge. Indépendance si souvent rappelée par le pouvoir que l'on risquerait de douter de sa réalité. En fait, le juge est « dépendant ». Il est prisonnier de son devoir ; des lois qu'il est chargé de faire appliquer. Mais il est également soumis à l'organisation très hiérarchisée de la juridiction à laquelle il appartient. La question est donc loin d'être tranchée.

Si nombreuses soient les lois, elles restent très générales ; le législateur a cherché à couvrir le plus grand nombre possible de cas. Il appartient au juge de les rendre singulières en les appliquant à la situation précise qui lui est soumise. Par son interprétation, il crée une jurisprudence. Reprise par d'autres juridictions pour des cas similaires, elle finit par s'imposer à tous. Les juges deviennent ainsi les auteurs de normes empiriques, sortes de « législateurs *bis*».

Rôle social du juge

Dans l'inconscient collectif, être « traîné » en justice ou traduit devant un tribunal est perçu comme infamant. Qui n'a jamais entendu dire : « Moi, jamais de ma vie je n'ai mis les pieds dans un tribunal ! » On aimerait répliquer : « C'est bien dommage ! Venez-y plus souvent, c'est en votre nom que la justice est rendue, c'est en votre nom qu'elle fonctionne. Ce palais n'est pas le monopole de quelques-uns, c'est celui de tous. » Il n'y a aucun déshonneur à entrer dans un palais de justice pour voir comment les choses fonctionnent. Il s'agit même d'un devoir démocratique. Être mis en cause, être amené à se disculper si l'on est innocent, ou à s'expliquer, répondre des raisons qui ont pu nous conduire à commettre tel ou tel acte ne doit pas signifier, loin s'en faut, un déshonneur. Trop souvent, dans le domaine pénal, le fait d'être inculpé représente en soi une condamnation, une désignation marquant une personne, considérée à l'avance comme coupable. Pour beaucoup, se présenter devant la justice prend valeur de peine. La justice ne relève pas de ce type de fonctionnement, largement utilisé comme moyen de pression.

Souvent, devant un tribunal correctionnel, les prévenus rétorquent : « Ce que vous me reprochez est dans la procédure, vous n'avez qu'à lire le dossier ! » Le président pourrait répondre : « Vous êtes là pour vous expliquer ; pour dire oralement ce qui a pu être écrit par d'autres, avec vos mots, avec ce que vous ressentez : le tribunal doit comprendre ce qui vous a amené à commettre l'acte qui vous a conduit ici ; il doit vérifier si c'est bien vous qui l'avez commis ; si vous êtes bien seul à en porter la responsabilité. Vous devez entendre également ce que la victime a ressenti. Elle n'a pas à subir votre loi. Votre première sanction est de vous expliquer. » La réalité du débat judiciaire est fort éloignée de cet idéal.

Pourtant, le palais de justice doit être, en soi, un lieu d'explication. Après avoir tenté de comprendre l'enchaînement des faits, le tribunal est chargé de trouver une solution au litige ou de prononcer une sanction.

Toute l'histoire des peines a été marquée par la volonté de substituer la vengeance privée à la vengeance publique. Pour éviter que les individus ne se fassent eux-mêmes justice, il s'agit de les canaliser et d'appliquer une échelle de peines communes à tous, selon la gravité des délits incriminés. Plus ou moins consciemment, ceux à qui s'adresse la sanction l'attendent. Elle s'installe souvent en eux comme une nécessité.

Consciemment ou non, un contrevenant à la loi attend non seulement la sanction mais la juste sanction. S'il sait qu'il a tué, il considère qu'il doit subir immanquablement une condamnation à une période de prison. Et, nombre de juges en témoignent, il la revendique souvent. La sanction représente pour lui une condition pour recommencer sa vie par la suite : il a besoin de s'acquitter envers la société et attend de recevoir d'elle ce qui, symboliquement, représente cette dette. Cet aspect symbolique est important : il est impossible pour un juge d'envisager de demander une peine à un tribunal sans prendre en compte ce qui existe déjà dans l'inconscient de ceux à qui elle s'adresse, comme dans celui des citoyens au nom desquels il la demande.

Infliger une peine incompréhensible pour celui qui la reçoit n'atteint pas son objectif : un Indien ayant vécu toute sa vie dans sa tribu et mis en prison en vertu de lois qu'il ne connaît ni ne comprend se laisse mourir. Un prisonnier d'opinion, convaincu de son bon droit, ne se sent nullement atteint dans ses convictions par une détention. Certains détenus, par ailleurs intégrés dans des groupes marginaux, ne sont que faiblement troublés par un séjour en prison, contrairement à la majorité des détenus que cette sanction coupe de la vie sociale à laquelle ils sont liés.

7

Réalité de la prison

Une prison, à l'égal d'un couvent, est une île. Elle est séparée du monde extérieur par un espace dont le franchissement est un acte soumis à une sévère réglementation. Cette frontière – clôture pour un couvent, mur d'enceinte pour une prison – sépare deux univers ; elle isole chacun de l'influence de l'autre. Le réseau inextricable des relations entre collectivités ou entre individus, ici, se brise. La coupure est totale.

Un peu d'histoire

Si l'enfermement existe depuis longtemps, ses objectifs et les moyens employés pour les atteindre se sont transformés.

Sous l'Ancien Régime, les personnes embastillées n'étaient pas toujours des délinquants, au sens actuel du mot. Il s'agissait essentiellement de nobles « triés sur le volet », mis à l'écart : leur façon de penser, leurs idées, leur simple présence gênaient l'ordre établi. On se faisait embastiller pour dettes, écrits, propos litigieux, mais aussi, tel le Masque de fer, pour de simples affaires de succession. Les crimes, eux, envoyaient les notables aux galères, peine de substitution avant la lettre, se soldant par une perte de statut au profit de situations comparables à l'esclavage. Alternative, toutefois, à la peine de mort...

Sans en définir précisément le concept, la République née de la Révolution de 1789 affirme la liberté comme le bien le plus précieux. Elle s'attache à mettre fin aux punitions corporelles. Réfléchissant sur la notion de peine, une méthode lui apparaît évidente : priver le contrevenant de son bien le plus précieux en portant atteinte à sa liberté. La prison a alors été systématisée.

L'élan positiviste hérité des Lumières se donnait, au siècle dernier, un objectif ambitieux : la science cernerait tous les mécanismes du vivant, qu'ils soient d'ordre naturel, humain ou même psychique. Dans cette optique, la société considère la prison comme un outil de réadaptation : l'embastillement cède le pas à la prison de correction.

En France, les premières prisons correspondant au sens actuel du mot ont été construites au XIXe siècle. Dans le droit fil du positivisme, hygiéniste et moraliste, on a cherché à concevoir scientifiquement un bâtiment rationnel, introduisant le travail dans la peine comme moyen éducatif. Le siècle dernier invente les colonies pénitentiaires et présente le bagne comme une réadaptation par le travail forcé. Le crime étant toujours vu comme une maladie, la peine est encore considérée comme un outil thérapeutique. L'objectif de la prison a cependant évolué. Il affirme l'objectif de réinsérer le délinquant, au terme de sa peine, dans le corps social. Cette vision persiste aujourd'hui avec la notion d'un corps social abîmé, dès lors que l'un de ses éléments n'accepte pas la règle établie.

Cette conception ne serait-elle pas précisément l'un des nombreux moyens de préserver l'ordre établi, dès lors qu'elle permet de ne pas remettre en question la structure sociale existante ?

Avec la peine de prison, la justice cessait de s'attaquer au corps, exception faite pour la plus grave des « peines », la peine de mort. Tandis que les partisans de son abolition menaient leur long combat, le concept même de la peine en était transformé. Par ailleurs, la peine de prison évaluait la durée de la sanction en fonction du délit à punir.

Avec la suppression de la « peine » de mort, la prison à vie prend le relais de la peine capitale. Pour autant, la réflexion collective sur le sens de la peine n'a pas encore gagné l'ensemble du corps social.

Les punitions elles-mêmes se sont sophistiquées. Le sursis, la semi-liberté ont été introduits, la possibilité de fractionner la peine ou celle d'aller en prison le soir et de travailler à l'extérieur dans la journée sont entrées en vigueur. Diversité croissante, jusqu'à une réforme récente permettant de substituer à la peine de prison un travail d'intérêt général. La notion de « réparation » peut enfin faire place à la notion d'amende, devoir abstrait de « payer », héritée des anciens concepts.

Le pari actuel de la réinsertion s'inspire de propositions émises à la fin du XIXe siècle. Tombé dans l'oubli, il a été réaffirmé à la Libération. Le courant de pensée issu de la Résistance et des idées du Front populaire s'est attaché à promouvoir la réinsertion. Le passé du condamné ayant exécuté sa peine ne devait plus entraver son avenir. Dans la ligne du programme du Conseil national de la Résistance s'affirme, à la Libération, l'idée de la rééducation, liée à un élan social nouveau. Cette idée, développée notamment par Marc Ancel, consiste à privilégier la réinsertion pour éviter la récidive. Partant du constat de l'inefficacité de la prison dont témoignaient déjà les taux de récidive, certains ont émis l'idée que la meilleure solution n'était sans doute pas l'emprisonnement : peut-être fallait-il repenser les méthodes. Le traitement pénitentiaire s'est enrichi de possibilités nouvelles telles que la liberté conditionnelle. Le sursis s'est développé, afin d'éviter si possible l'emprisonnement, la désinsertion occasionnée par la prison laissant souvent l'ex-détenu sans autre choix que le renouvellement d'une infraction à la loi, provoquant un nouvel emprisonnement. Les équipes socio-éducatives ont été introduites à la même époque. Des possibilités de semi-liberté ont été mises en place, exécutées dans des centres spécialisés.

La fonction du secret est de permettre à une personne de se réinsérer. Les casiers judiciaires se sont différenciés. Le casier judiciaire B1 est accessible aux seuls juges ; le casier B2, uniquement aux administrations ; le B3, ne comportant que les infractions les plus graves motivant des peines supérieures à deux ans de prison, uniquement à l'individu concerné.

Malgré les nombreuses réflexions, les louables intentions et les multiples réformes effectivement appliquées, la prison constitue aujourd'hui un lieu où notre société ne peut éviter un terrible sentiment d'échec. Qu'en est-il réellement ?

Une société autonome

Au cœur de la prison, une société se crée, fonctionne, évolue, avec ses contraintes, ses conflits, ses règles, tout autres qu'à l'extérieur. Caractéristique essentielle, cette société fait cohabiter deux groupes plus distincts : les gardiens et les détenus. Apparemment, tout les oppose : les uns sont chargés de contrôler, de donner des ordres ; les autres doivent subir, obéir. Les dominants face aux dominés.

La réalité est plus complexe que cette simple opposition. Ces deux collectivités vivent en symbiose. Dans le déroulement des événements quotidiens, chacune dépend de l'autre. L'opposition se mue en une dépendance réciproque. Dans un univers aussi limité, toute pression exercée par l'un sur l'autre provoque un effet boomerang et entraîne une cascade de conséquences où tous sont impliqués.

Un cri à peine audible en plein air, où il se perd dans l'espace, peut devenir assourdissant dans une pièce fermée, où il se répercute sur les murs nus. De même, le moindre incident, insignifiant dans une société ouverte, peut dégénérer en catastrophe dans le monde étroit de la prison. Ainsi, un jour de 198., à la Maison centrale de Saint-Maur, un détenu mécontent du ton sur lequel un gardien lui ordonne de rejoindre sa cellule refuse d'obéir ; le gardien le menace de sanctions ; pour marquer sa volonté de ne pas céder et de rester dans la cour, le détenu grimpe dans « l »'arbre, le seul planté sur le territoire de la prison ; impossible de le décider à en descendre ; se sentant nargué, exaspéré, désireux d'en finir, le directeur donne l'ordre d'abattre l'arbre ; voyant disparaître la seule verdure de leur domaine, les détenus, scandalisés, se mutinent, pillent les locaux, mettent le feu aux bâtiments. Les dégâts sont tels que la centrale doit être évacuée. L'amplification due au monde clos a transformé un fait divers.

La carrière des gardiens, leurs promotions, leurs primes dépendent du bon fonctionnement de l'établissement, donc, de l'acceptation des règles par les détenus. Ceux-ci en ont conscience. Ils savent qu'ils détiennent, par ce biais, un certain pouvoir. En compensation de leur collaboration à une vie sans histoires, ils obtiennent certains assouplissements. Un échange implicite de bons procédés s'instaure. Des dérapages sont possibles. La collaboration devient connivence ; la complaisance ouvre la porte à la corruption. En raison même de son enfermement, la société carcérale génère l'instabilité de tous ceux qui y participent.

Une société de la privation

L'objectif affirmé de l'emprisonnement est de priver le condamné de liberté. Le moyen employé étend en fait cette privation à de multiples domaines.

Le détenu est avant tout privé de toute autonomie. Chacun de ses gestes est inséré dans un programme décidé par une autorité à laquelle il ne peut que se soumettre. Les heures de son lever, de ses repas, de son sommeil sont fixées par le règlement. Il n'a d'autre choix que l'acceptation passive. Pour certains, cette passivité est ressentie comme un confort, un retour à l'état d'enfant, aux jours faciles où les parents se chargeaient des choix. Cette infantilisation peut être ressentie avec une certaine satisfaction ; elle permet au criminel de se sentir non coupable, puisqu'elle fait de lui, rétroactivement, un être non responsable. Elle peut surtout l'empêcher définitivement de devenir un homme conscient d'avoir à se construire lui-même.

Il est privé également du rythme des saisons. Été comme hiver, le temps se déroule dans un quotidien au rythme immuable.

Privation supplémentaire et non exprimée, celle de pouvoir choisir les personnes avec lesquelles on partage la vie quotidienne. Quelles que soient les précautions prises pour séparer les diverses catégories de condamnés, la promiscuité est grande avec des personnages que l'on aurait préféré ne jamais rencontrer. Cette promiscuité ne va pas sans conséquences à long terme, d'autant que la tentation est profonde, chez celui qui a un jugement défavorable de lui-même, d'entraîner d'autres personnes dans son sillage. La meilleure justification de ses propres erreurs étant de faire commettre les mêmes à d'autres, la prison est propice à la mise en commun forcée des pires choix.

Enfin, le détenu est privé de tout rapport intime avec ceux dont le « tu » nourrissait son « je ». L'être de chacun est fait essentiellement des liens qu'il tisse avec les autres. La prison coupe brutalement tous ces liens. Tout contact est interdit ; les rencontres de parloir, en présence de témoins, sont plus des occasions de frustration que d'assouvissement du besoin d'échange. Le prisonnier est relégué dans un autre univers avec lequel la communication est pratiquement coupée.

En particulier, les échanges impliquant la sexualité sont impossibles. Au plus profond de son être, en ce point charnière où pulsions physiologiques et épanouissement affectif se nourrissent mutuellement, le prisonnier est atteint. Déstabilisé à la fois dans son organisme et dans son psychisme, il perd sa définition de lui-même et se sent banni aussi bien de l'univers des hommes que de l'univers des femmes.

Certes, des « parloirs rapprochés » ont été aménagés dans la plupart des prisons. Dans ces cellules réservées aux détenus de longue durée, les épouses et époux peuvent venir, de temps en temps, rencontrer leur conjoint, les couples se retrouver. Dans les centres de longues peines, il est possible de passer une nuit ensemble, sous une surveillance discrète. Cette pratique récente reste très marginale. Pour la majorité des détenus, condamnés à des peines relativement brèves, de l'ordre de quelques mois, la prison reste un lieu de négation de la sexualité normale. Les seuls contacts avec l'extérieur ont lieu au parloir, ensemble de guichets dotés d'hygiaphones, séparés par des cloisons, entre deux couloirs où passent les gardiens. Une fois par semaine, les détenus ont droit à ce semblant d'échange avec ceux qui représentent leur univers.

La négation de la sexualité se traduit, derrière les

murs de la prison, par l'homosexualité tolérée. Il ne s'agit plus d'un choix personnel, mais de la conséquence de la vie dans un monde où le concept de la dualité des sexes ne correspond plus à aucune réalité.

Les affaires de viol sont fréquentes, tant chez les femmes que chez les hommes. Nouvellement nommé en poste au début des années 1980, ce jeune juge a été amené, pour sa première participation à la cour d'assises des mineurs, à juger un viol entre mineurs à l'intérieur d'une cellule. Le capitaine de gendarmerie qui menait l'enquête lui a expliqué qu'il s'agissait d'une affaire parmi beaucoup d'autres, tenues le plus souvent dans le silence. Dans cette prison, cette nuit-là, un gardien avait la responsabilité de 80 détenus. Entendant des cris, il n'a pas osé aller réveiller le gardien-chef. Dans de tels cas, au mieux, « on » demande au crieur de se taire ; le plus souvent, les violeurs se chargent de contraindre leur victime au silence.

Une société du faux-semblant

Immergé soudain dans un univers dont il ignore tout, le nouveau détenu ne peut psychiquement survivre qu'en improvisant une personnalité qu'il affiche face aux autres prisonniers et aux gardiens. Il s'invente lui-même et devient progressivement le personnage qu'il a inventé. Tous les mécanismes à l'œuvre dans la prison se conjuguent pour faire de lui un dissimulateur. Son obsession de chaque instant – en sortir – doit être soigneusement camouflée.

La prison a été imaginée comme un moyen moins inhumain que les châtiments d'autrefois. Mais la privation de liberté telle qu'elle est pratiquée aujourd'hui est une atteinte tout aussi mutilante. Le corps est respecté, mais la personnalité est profondément modifiée, même dans le cas d'une prison modèle. Le détenu est obligé de devenir un autre que lui-même. Si la peine ne dure pas trop longtemps, sans doute peut-il retrouver en lui à la sortie la personne qu'il était avant ; si elle s'étend sur une longue période, la transformation est définitive. Il n'est plus à même de se réinsérer dans un milieu, notamment familial, qui, de son côté, a évolué. Il doit réapprendre à vivre, effectuer l'effort énorme de repartir de zéro dans un monde qui a évolué sans lui et, en cas d'échec, rester un exclu hors de la prison des murs.

Le système carcéral est très comparable à l'armée : les détenus doivent se présenter, saluer d'une certaine façon. Cette discipline a été légèrement assouplie récemment, mais reste très présente dans bien des maisons d'arrêt.

A l'intérieur de la prison, l'« ordinaire » servi représente le minimum du minimum : un paquetage est remis au prisonnier à son arrivée, comportant une brosse à dents, du dentifrice et du savon. Aucun habillement, aucun journal, aucun livre.

Un système compensatoire fonctionne, la « cantine », permettant à qui en a la possibilité financière de louer une télévision, de manger correctement, d'acheter du linge... En prison, tout s'achète. Au sein de chaque maison d'arrêt, un économe a la responsabilité du cantinet. Un compte est établi pour chaque détenu : il ne peut être alimenté que par l'extérieur. Les prix des produits en vente sont majorés par rapport à leur valeur, tenant compte du « service rendu ». Télévision, radio font l'objet d'une location par l'intermédiaire de l'administration pénitentiaire.

L'introduction de la télévision représentait une amélioration appréciable des conditions de détention, en même temps qu'une aide pour les gardiens débordés par le nombre des détenus. Les détenus trouvent là une diversion à leur condition d'enfermés, sorte de camisole audiovisuelle. Initiative du ministre Badinter, cette introduction a provoqué une polémique fustigeant la « prison trois étoiles », nourrissant, logeant, blanchissant les détenus et, de surcroît, leur donnant la télévision. En fait, elle est apparue utile aux yeux des gestionnaires et des personnels chargés du maintien de l'ordre.

Des études régulières sur l'utilisation des médicaments, essentiellement calmants, révèlent une pratique massive et sans contrôle médical réel. Pour des motifs parfois très éloignés des prescriptions médicales, les gardiens s'improvisent couramment « apprentis en pharmacie » ou « médecins ». Les dénonciations régulières de la surconsommation médicamenteuse en prison, comme celles des expériences faites sur les détenus, trahissent une situation inadmissible de la santé en détention.

On parle souvent des bibliothèques, des activités sportives, des spectacles en prison. Ces pratiques sont loin d'être quotidiennes et peuvent être supprimées en guise de sanction. N'y a-t-il pas là un nouveau faux-semblant, l'objectif de la sanction représentée par la détention étant précisément l'éducation ? A six dans une cellule, réussir des études grâce aux cours par correspondance tient du prodige. Quant aux spectacles, au maximum un ou deux sont organisés dans une année... Reste l'omniprésente télévision, refuge dans l'oubli et dans l'illusion.

Une société de l'arbitraire

Une fois incarcéré, le condamné se trouve sous l'autorité absolue du directeur de la prison. Comme ailleurs et plus qu'ailleurs, cette autorité peut se pervertir en arbitraire.

Le directeur a pouvoir de décision sur tout ce qui concerne le fonctionnement de l'établissement, le sort des prisonniers, l'aménagement des locaux... Pour l'organisation d'un concert, d'une conférence, d'un stage de théâtre, d'écriture, de photographie, d'art plastique, son autorisation préalable est indispensable, et rien ne l'oblige à l'accorder. Dans certains cas, s'il estime que l'initiative proposée peut avoir des répercussions sur le bon fonctionnement de l'institution et souhaite ne pas être seul à assumer cette responsabilité, il peut demander une autorisation au ministère de la Justice. Pour la gestion de la vie quotidienne, le droit disciplinaire interne met à sa disposition toute une panoplie de sanctions pénalisant l'attitude du détenu, comme la privation de cinéma ou de sport, ajoutant une peine supplémentaire à celle qui est purgée.

Pour les cas graves, un tribunal intérieur, le prétoire, peut intervenir. Parmi les sanctions dont il dispose, le prétoire peut infliger le mitard. Le prisonnier est en permanence dépendant de l'administration et de sa loi. Il n'a aucun moyen de faire valoir son droit en cas de contestation d'une peine décidée par la direction ou par le prétoire.

Le rôle des surveillants est l'objet d'une évolution, du moins dans le discours. Une des revendications des mouvements de surveillants et gardiens de prison est le refus de voir leur fonction limitée à un rôle de gardiennage : « Nous ne sommes pas des porte-clés. » Ils revendiquent la reconnaissance de la dimension éducative de leur métier. Pour exercer ce rôle, ils exigent d'être plus nombreux. Pour faire valoir cette exigence, ils ont parfois recours à la « grève du zèle », privant les prisonniers de repas ou de visite : moyen « pédagogiquement » discutable !

Les détenus, eux aussi, font parler d'eux. Les mouvements de contestation, très cycliques, se déclenchent souvent l'été, alors que la surpopulation se fait le plus durement ressentir. La chaleur rend insupportables des conditions sanitaires souvent très précaires. L'appel du dehors se fait plus pressant, tout comme le besoin de liberté.

Qu'elles émanent des gardiens ou des prisonniers, les unes nourrissant souvent les autres, ces révoltes des prisons contribuent ponctuellement à faire connaître les conditions de détention à l'opinion publique. Suffiront-elles à ouvrir un débat suffisamment profond pour transformer la situation ?

Le travail en prison

Les détenus peuvent travailler pour un salaire généralement symbolique, et contribuer ainsi à l'économie interne de la prison. Ce travail est l'objet de concessions à des entreprises extérieures. Les chefs d'entreprise proposent des travaux à effectuer dans l'ensemble des établissements pénitentiaires. Ce système permet d'exercer une activité utile et simultanément une occupation dont la rémunération permet de contribuer à payer les frais de justice occasionnés par le procès, ou d'utiliser la cantine. Le salaire maximal, pour un travail très qualifié, en informatique, par exemple, ne dépasse pas actuellement 3 000 francs par mois.

Au total, environ 10 000 détenus travaillent pour une constellation d'établissements très divers : entreprises, locales ou nationales, de fabrication de sandales, de ceinturons, de matériel de laboratoire pour l'Assistance publique, de saisie sur ordinateurs...

Avoir un travail ou ne rien faire en cellule ? Peu

de détenus hésitent. Si l'atelier est un lieu d'exploitation, c'est aussi un lieu de rencontres, de convivialité, une occasion de rompre avec la monotonie quotidienne. Par ailleurs, l'opération n'est pas inintéressante pour les employeurs.

On pourrait imaginer, afin de ne pas déprécier la valeur du travail et de permettre à la société de bénéficier de la dette du condamné, qu'une partie d'un salaire correct soit reversée par l'employeur à l'administration pénitentiaire ou directement à l'État. Ce n'est pas le cas. L'employeur se contente de prendre à sa charge les frais d'aménagement de la prison occasionnés par le travail à effectuer. L'administration est reconnaissante envers les entreprises qui ont l'initiative de confier du travail aux prisonniers : cette activité facilite le gardiennage. En période de fort taux de chômage, cette pratique ne fait qu'accentuer un dangereux engrenage.

La santé en prison

L'intensité des problèmes posés par la santé en prison a été dramatiquement mise en lumière par l'épidémie de sida. Les détenus représentaient, jusqu'il y a peu, la source la plus importante des dons de sang. Lorsque le sida apparut, les précautions à prendre pour éviter la contamination ont, dans un premier temps, été très mal connues. Une fois mieux définies, le refus d'assumer leurs conséquences économiques a poussé à retarder l'application des mesures nécessaires. Cette prise de conscience, tardivement suivie d'effets dans un contexte où la réalité de l'état sanitaire des détenus était elle-même fort mal connue, a engendré de dramatiques conséquences.

Les détenus provenaient de groupes sociaux notoirement plus exposés, dits « populations à risque ». Il a fallu plusieurs années pour que la meilleure connaissance de cette maladie et la pression de l'opinion publique imposent la fin de cette forme de don du sang. Pour autant, la situation sanitaire en prison ne s'en est pas trouvée améliorée, l'épisode ne s'étant traduit que par un contact de moins avec l'extérieur.

Les conditions de la vie en prison accroissent le risque de contamination. Malgré le développement de la vente des préservatifs, aller en prison ajoute à la peine privative de liberté infligée par la justice un danger de mort. Osera-t-on évoquer publiquement ce problème nouveau et en tirer les conséquences ?

La santé en prison a été l'objet de nombreuses

enquêtes, concernant notamment les expérimentations pratiquées sur les détenus et l'usage des neuroleptiques, camisoles chimiques employées la plupart du temps sans précautions.

Un établissement moyen de deux cents à trois cents détenus dispose d'un médecin et d'une infirmière, dont la présence n'est pas continuelle. Le médecin effectue les visites d'admission, reçoit les détenus à leur demande, préconisant si nécessaire des soins infirmiers et des médicaments. La qualité de leur travail n'est pas en cause : les médecins font leur possible avec les moyens mis à leur disposition par la collectivité. Les débordements ne sont pourtant pas exclus : la tentation d'utiliser les hommes enfermés à des fins d'expérimentation médicale a toujours existé dans les prisons, forte d'une administration prompte à fermer les yeux... Il n'est par ailleurs écrit dans aucun texte que les gardiens doivent organiser la distribution des médicaments dilués dans des godets pour éviter le refus du détenu. En cas d'agitation d'un prisonnier, une médication abusive vient pourtant se superposer à la prescription médicale.

La situation de la santé dans les prisons a été très régulièrement dénoncée. Périodiquement, une émotion se dessine dans l'opinion publique. Si les pratiques condamnables ne sont pas plus importantes, la dénonciation et l'émotion qui s'ensuivent n'y sont pas étrangères. Le glissement vers un dérapage est très facile : en prison comme ailleurs, beaucoup sont prêts, sous la promesse d'une libération plus rapide, à servir de cobayes à des expérimentations. Accord d'emblée malsain du fait même des conditions dans lesquelles se trouve la personne qui le formule. Cette pratique est courante aux États-Unis.

La prison dans la prison

Les QHS existaient jusqu'il y a peu à titre permanent dans les prisons ; ils étaient présentés comme un remède à la dangerosité supposée des individus qu'ils accueillaient. Quartiers spéciaux de haute sécurité, ils fonctionnaient avec un régime disciplinaire particulier, comprenant une limitation des visites, de la presse, des promenades, du sport, de la cantine, un isolement accru, etc. A la suite de nombreuses dénonciations, les QHS sont aujourd'hui supprimés.

Il existe encore pourtant dans les prisons des quartiers de non-droit. Les mitards, prisons dans la prison, gardent leur forme disciplinaire : une cellule d'isolement total dotée d'un mobilier des plus sommaires : lit, table, scellés à même le sol, toute promenade interdite pour celui qui s'y trouve enfermé, complètement nu. Le mitard constitue une peine dans la peine, assortie d'humiliations difficilement croyables pour le monde extérieur. Une ou deux cellules, souvent en sous-sol, sont, dans chaque prison, consacrées à cette vocation de mise à l'écart.

L'entrée au mitard résulte d'une procédure disciplinaire pratiquée à l'intérieur de la prison. Elle peut être infligée pour tout ce qui motive un passage au « prétoire » : refus de rentrer après une promenade, insulte à un gardien, bagarre entre détenus... Le prétoire représente le tribunal de la prison, structure disciplinaire où il n'existe aucune défense possible : c'est le conseil de discipline de la maison d'arrêt. Les sanctions se traduisent par l'exclusion du circuit normal de détention, qui elle-même représente une exclusion ; une descente vers des situations de plus en plus dégradantes.

Surpeuplement des prisons

Près de la moitié des détenus des prisons françaises sont en détention provisoire dans l'attente d'un jugement.

Tout prévenu étant considéré comme innocent avant d'être jugé, une telle proportion de prisonniers paraît contradictoire. Encore faut-il que la justice fonctionne avec le personnel et le matériel indispensables pour remplir ses fonctions aussi rapidement que la situation l'impose.

Les causes du surpeuplement des prisons françaises sont connues ; en rapport étroit avec l'état de notre société. Outre les détenus qui attendent parfois des mois leur jugement, outre les étrangers sans titre sur notre sol, nous vivons dans un monde où l'argent occupe une place centrale.

Domaine parmi d'autres de ce monde, l'immobilier, dont les prix en augmentation rapide ont entraîné une chaîne de conséquences dans laquelle s'inscrit la situation des prisons.

Le coût des constructions suit la courbe ascendante des prix du terrain. Construire de nouvelles bâtisses carcérales représente un projet coûteux. Le choix politique de l'austérité intervient. Tandis que l'effectif des détenus continue sa rotation, on constate une augmentation des entrées dues à une croissance de la petite criminalité. Observée de longue date, elle concerne essentiellement la petite délinquance apparente, tandis que les crimes de sang enregistrent, pour leur part, une stagnation. Vols de voitures, d'autoradios ou autres accessoires connaissent une inflation importante. La tendance générale amène à répondre à ce type de délinquance par la répression. Si la prison n'intervient pas pour le premier, ni pour le deuxième autoradio, elle sanctionne le suivant.

Ces vingt dernières années ont vu le nombre de personnes détenues doubler, sans progression sensible des capacités d'accueil. Selon certains, l'augmentation de la criminalité serait en rapport avec un laxisme de la société dû à une carence des moyens de règlement des litiges. Paradoxe ? De nombreux juges reconnaissent l'inadaptation de la prison aux questions qu'elle est censée résoudre. Ils n'en ressentent pas moins le devoir de mettre en prison.

Les litiges abandonnés au pourrissement s'enveniment. Il en est de même pour les problèmes sociaux, eux-mêmes sources de litiges. Sans obligatoirement impliquer un lien direct entre délinquance et chômage, le constat s'impose : lorsqu'une société crée des injustices et des frustrations, les réactions individuelles s'en trouvent transformées. Elles génèrent des comportements que l'on peut considérer comme asociaux, se traduisant par une augmentation de la délinquance et du contentieux pénal. Ces problèmes sont connus ; les velléités de les traiter n'ont pas plus gagné en efficacité que n'ont été modifiées celles du parc carcéral.

Une parade possible : le *numerus clausus*

Face à la surpopulation de son établissement, le directeur d'une prison ne dispose en France d'aucune parade. Il n'en est pas de même dans certains pays comme les Pays-Bas, où est admise la règle du *numerus clausus*: lorsqu'une prison est pleine, on ne peut y envoyer un détenu que si un autre en sort. Si toutes les prisons sont considérées comme saturées, les condamnés sont priés d'attendre pour accomplir leur peine. Ils doivent subir une peine de prison, non une peine de promiscuité dans des conditions inhumaines.

Le système français impose au contraire l'accueil de tout nouveau détenu dès lors qu'il est envoyé en prison par la justice.

Le directeur de la prison ne dispose, en aucun cas, du droit de le refuser. Des dispositions d'orientation et de répartition peuvent intervenir. Une fois le détenu définitivement condamné à exécuter sa peine, l'administration opère une répartition entre les maisons d'arrêt en fonction de leurs possibilités d'accueil. Mais si l'administration dispose de 40 000 places pour 50 000 détenus, elle se trouve contrainte de les héberger tous.

La valeur pénale de la détention s'en trouve radicalement transformée, les possibilités de rééducation sont pratiquement anéanties : la fonction légale de la prison est, de fait, remise en question. Si les conditions de détention sont telles qu'elles contribuent à produire l'effet inverse de celui qui est recherché, faut-il s'obstiner à y condamner les délinquants ?

En pratique, le surpeuplement des prisons est une réalité acceptée. Dans un espace prévu pour deux lits, il est aujourd'hui fréquent d'installer six personnes, contraintes de vivre dans une promiscuité dégradante.

Cette situation représente une sanction supplémentaire non prévue par la loi, à laquelle s'ajoute, mortelle, la menace du sida. Cette réalité, semble-t-il, est loin d'être perçue par les juges et par l'ensemble du corps social. Elle fait partie des données occultées plus ou moins consciemment : la dimension dramatique ne sied pas au quotidien. Deux possibilités dans de tels cas : trouver une solution ou ignorer le problème, créant les conditions pour qu'il s'amplifie.

Certains échafaudent des plans de programmation de développement de places supplémentaires de prison. C'est différer le règlement d'un problème de fond, tout en en nourrissant la cause. Il est pourtant des magistrats pour estimer que le parc pénitentiaire actuellement disponible est largement suffisant et qu'il n'est aucunement besoin de construire de nouvelles prisons. Leur point de vue n'a pas été entendu.

Une régression : les prisons privées

Devant l'ampleur du décalage entre le nombre des détenus et la capacité des prisons dans des conditions normales, le ministre de la Justice a imaginé, en 1986, le recours à des prisons privées. L'État devenait locataire de sociétés qui supportaient la totalité des frais de construction des bâtiments. Le projet initial consistait à confier également l'intégralité de la gestion de ces prisons aux mêmes sociétés.

C'était alors la grande époque des privatisations. Dans la foulée, l'administration de la justice était considérée comme un département ministériel semblable aux autres, soumis aux mêmes contraintes de rentabilité que l'industrie ou les transports. Le même ministre, alors qu'il était en charge des autoroutes, avait auparavant appliqué le même principe de privatisation pour accélérer leur développement. Des sociétés privées en ont supporté les frais de construction, pour récupérer ensuite leur mise de fonds et obtenir des bénéfices par le recouvrement des droits de péage.

Une telle solution s'apparente au système du *leasing* : celui qui n'a pas les moyens de s'offrir une voiture peut choisir d'en devenir le locataire. L'addition finale atteint près du double du prix du véhicule, mais son futur acquéreur peut la conduire sans attendre. Malgré le manque de crédits, les besoins immédiats sont satisfaits ; mais la charge pour la collectivité s'en trouve finalement beaucoup plus lourde.

Cet aspect économique est secondaire face aux conséquences de cette orientation pour le système pénitentiaire et pour le système judiciaire. Elle représente en fait une dangereuse régression vers une situation passée. Toute l'histoire du droit pénal républicain est celle de la mise en place d'une instance supérieure reconnue par tous comme seule habilitée à imposer une souffrance. La possibilité de punir était devenue l'exclusivité de l'autorité publique. Au-delà de la prison, c'est donc la place de la justice dans l'échelle des valeurs qui est mise en question.

Lors de la « mise au point » des prisons privées, il a fallu la passion des réactions suscitées par le plan débattu pour que l'encadrement reste le monopole de l'autorité publique : les surveillants et les gardiens appartiennent à l'administration pénitentiaire, tout comme le directeur. L'ensemble des autres services est confié en sous-traitance à des sociétés privées, rémunérées par l'État.

Ainsi apparaît une nouvelle fonction de la prison ; il ne s'agit plus de protéger la société ou de remettre des délinquants dans le droit chemin, mais de faire des bénéfices grâce à une gestion aussi rigoureuse que possible, c'est-à-dire à une diminution du prix de revient de la journée d'incarcération. On imagine facilement que cet objectif puisse devenir prioritaire. Les beaux discours sur le rôle social du système carcéral risqueraient fort de se réduire à un camouflage de l'exploitation, à des fins de bénéfices, des individus que nos sociétés repoussent vers leurs marges. Les détenus représentent une force de travail ; dans la même logique, il serait tentant d'utiliser cette force pour améliorer le rendement des investissements consentis par les entreprises propriétaires des prisons. Ne s'engagerait-on pas ainsi vers une nouvelle forme d'esclavage ?

Aujourd'hui, quelques prisons privées fonctionnent ; elles vont se multiplier, puisque le principe n'en a pas été remis en question. La machine est lancée. Sans trop de bruit, cette privatisation d'une fonction de l'État entre dans les mœurs, ouvrant la porte aux pratiques observées dans les prisons des États-Unis.

Par tradition, dans ce pays, très peu d'activités échappent à la logique du « marché ». Que les prisons publiques et les prisons privées coexistent est considéré comme naturel, ce qui donne lieu à bien des dérapages sur le plan de la justice. Un concepteur en est venu à faire breveter une de ses inventions, prison modulable faite de blocs de béton superposés à la manière d'un jeu de Lego, permettant une production en série et une capacité d'accueil accrue de ce qui est devenu un simple produit de consommation.

Ainsi conçue, la prison risque fort de rejoindre dans l'inconscient collectif l'image des oubliettes d'antan. Elle caractérise la démission d'une société qui fuit l'une de ses responsabilités : faire face avec lucidité à une délinquance qui la renvoie bien souvent à ses dysfonctionnements.

8

La prison sans objet

Nous sommes habitués à apprendre avec soulagement que tel dangereux criminel a été « mis à l'ombre », tel suspect recherché a enfin été débusqué et incarcéré. Les maisons d'arrêt et les maisons centrales nous semblent fonctionner comme un des rouages essentiels du mécanisme social. Proposer une société sans prison, c'est s'exposer aux quolibets ou à l'insulte : vous êtes perçu dans le camp des assassins, ou bien, doux rêveur, vous n'avez jamais été aux prises avec la violence, vous ne savez rien de la méchanceté des hommes. Si beaucoup sont d'accord pour améliorer le fonctionnement des prisons, les supprimer relèverait d'une utopie irresponsable.

Cherchons à dépasser l'évidence. Souvenons-nous de Giordano Bruno, de Galilée, de Gandhi, de Gramsci, de Louise Michel, d'Olympe de Gouges et de tant d'autres qui ont payé de leur liberté – et parfois de leur vie – leur courage face aux fausses évidences de la société. La pensée scientifique a progressé par des remises en question qui, au départ, semblaient être le fruit d'esprits dérangés. Il en est de même pour la pensée sociale. Il y a à peine plus d'un demi-siècle, ceux qui préconisaient d'accorder aux femmes le droit de vote étaient présentés comme des inconscients, menaçant de précipiter la République dans le chaos. Que ne disait-on pas, un peu plus tôt, de ceux qui voulaient abolir l'esclavage, supprimer la torture ou, comble de l'aberration, renoncer à la peine de mort ?

Lorsque nous réfléchissons à une éventuelle amélioration du fonctionnement des prisons sans nous interroger sur leur existence même, ne sommes-nous pas victimes, nous aussi, d'un enfermement dans les idées reçues ?

Il s'agit, avant tout, de considérer la fonction réelle de l'institution carcérale dans notre société.

Chaque année, un peu plus de 90 000 personnes sont envoyées en prison. Le nombre des sorties est à peu près équivalent ; l'effectif des incarcérés se maintient aux environs de 50 000 pour un nombre de places disponibles un peu inférieur à 40 000.

La durée moyenne d'un emprisonnement est de six mois et demi. Gardons-nous de considérer cette moyenne comme une réalité individuelle : chaque prisonnier peut être détenu pour une période variant d'une journée à plusieurs années, voire à perpétuité.

Nous avons évoqué les divers rôles que peut avoir une peine infligée à un délinquant. Essayons de les préciser dans le cas de la prison.

Vengeance collective

Se venger, c'est vouloir supprimer un événement passé dont le seul souvenir est insupportable : par le duel à mort, on prétendait « effacer un affront ». Dans la vie réelle, tout est irréversible ; la vengeance ne peut atteindre son objectif. Un individu désespéré par sa douleur, aveuglé par sa colère peut céder à ce mirage ; mais ce n'est qu'un mirage.

Le rôle de la société est à l'exact opposé de ce désir de vengeance. Si un acte contraire aux règles collectivement admises a été commis, elle sait qu'il est illusoire de chercher à l'effacer.

Bien plus, une société se doit d'être consciente que l'oubli, s'il était possible, serait désastreux. Si cet acte a eu lieu, c'est que des mécanismes ont joué ; il importe de les connaître et, pour cela, de regarder le délit en toute clarté. Le système judiciaire est là pour retrouver un minimum de sérénité, pour échapper aux passions immédiates ; il dispose pour cela de la durée et de la raison mise en commun.

L'objectif n'est pas de rendre aujourd'hui plus acceptable, mais de préparer demain ; pour cela, il importe de n'effacer aucune trace, de ne rien oublier, de tirer les leçons de toutes les histoires, y compris les plus douloureuses. La construction de chaque personne au sein d'une structure sociale nécessite, dans toutes les étapes de sa vie, une collectivité qui renonce à la fois à la vengeance et à l'oubli. Or l'emprisonnement ressemble fort à une attitude vengeresse ; la prison est un lieu où l'on cache et où l'on est assez satisfait d'oublier. Par son existence, l'institution carcérale va à l'encontre de la réalisation d'une société réellement civilisée, capable de progresser en ne masquant ni ses échecs, ni ses erreurs, ni ses plaies.

Réparer

Nos actes, quels qu'ils soient, sont irréversibles. Une injure proférée, une gifle donnée, une blessure infligée peuvent marquer définitivement qui les reçoit. Une victime peut pardonner. Elle ne peut jamais totalement oublier. Lorsque le voleur rend son larcin, il ne supprime pas la souffrance provoquée par son acte.

Chaque préjudice touchant une personne trouble la société, lui portant à son tour préjudice. La « réparation » recherchée par la justice est nécessairement collective. Le coupable doit comprendre le besoin de réparation, tant envers sa victime qu'à l'égard de la société. En quoi l'envoi en prison est-il une décision conforme à cet objectif ?

Non seulement les dommages provoqués par le délit ne sont pas réparés, mais la société se condamne elle-même à supporter le coût élevé d'une incarcération. Une fois en prison, le coupable ne participe évidemment pas à la réparation de son acte. Une autre peine pourrait le lui permettre.

Les conducteurs rentrant ivres au volant de leur voiture provoquent des accidents mortels. Face à l'ampleur de ce phénomène, face à son coût social, les sanctions se sont durcies. On ne plaint pas le chauffard assassin d'un jeune enfant lorsqu'il est condamné à une peine de prison. En quoi cependant les victimes directes ou indirectes de tels forfaits trouvent-elles réparation ? Obliger leurs auteurs à jouer un rôle utile pendant quelque temps dans un hôpital où sont soignées, et patiemment rééduquées, les victimes d'accidents, assister la lutte d'une personne cherchant à retrouver l'usage de son corps, soutenir sa famille, aider chacun à supporter l'épreuve d'une hospitalisation, autant de mises en relation quotidiennes avec les conséquences d'actes semblables à celui que le coupable a commis. Il ne s'agit pas de se substituer au personnel soignant, mais d'établir un contact humain impliquant un investissement personnel. Infliger une peine de cette nature irait dans le sens d'une justice tournée vers l'avenir et non plus vers le passé.

Tout préjudice implique la mise en œuvre de services susceptibles de confronter son auteur à la douleur provoquée. Morgue, aide sociale, ANPE, hôpitaux, assurances... autant d'établissements où le public souffre de non-dialogue. Or, toute douleur humaine est insupportable sans dialogue. Et le rôle d'une véritable justice est de renouer ce dialogue. Il lui faut, pour y parvenir, disposer d'une large palette de peines permettant à la fois de mettre le délinquant en position de participer au coût collectif de forfaits comparables au sien et de l'amener à tisser de nouveaux liens entre lui et la société.

L'institution judiciaire ne peut cependant à elle seule renouer les fils rompus ; le dialogue, l'écoute d'autrui nécessitent une longue préparation ; cette préparation est un des rôles du système éducatif. C'est à l'école que nous apprenons à recevoir des autres, camarades, maîtres ou auteurs s'exprimant dans les livres. Lorsqu'elle est tournée vers la vie et non vers la seule préparation des examens, l'éducation nous apporte l'essentiel de ce qui nous est nécessaire pour devenir nous-mêmes. On ne peut espérer faire disparaître la prison, ce lieu de non-dialogue, que si l'école et la vie sociale apportent à chacun la passion de l'échange.

Dissuader : une illusion pour « honnêtes gens »

La peur de la prison est censée retenir celui qui est tenté par la délinquance. Dès l'enfance, la méthode s'inscrit dans les expressions couramment entendues : « Si tu continues, tu finiras en prison ! » Pour les adultes aussi, la peur du gendarme fonctionne. L'éducation reçue, l'acceptation du concept de norme font du respect de l'interdit une attitude adoptée définitivement, une règle de vie si bien intériorisée que l'envie de commettre un délit est souvent réprimée avant même d'arriver à la conscience claire.

Quant à ceux qui choisissent délibérément de

commettre un délit, ils s'organisent bien souvent pour échapper à ses conséquences. Les grands escrocs sont rares derrière les barreaux.

Efficace ou non, la dissuasion relève plus d'une crainte diffuse de la justice que de la peur de la prison, dont la réalité est ignorée de la plupart.

Tous ceux qui ont expérimenté la prison pour de longues peines témoignent d'un sentiment intense, inattendu : une angoisse apparue dès l'instant où ils en ont franchi les grilles. Rien à voir avec le fantasme de la prison tel qu'il est diffusé à l'extérieur. La distorsion est énorme entre l'imaginaire collectif, romantique ou non, et la réalité qui tombe sur vous et vous « enferme » en elle. *« Au-delà des réactions de surface, faconde, fausse désinvolture, les premiers instants de la privation de liberté troublent profondément le délinquant primaire comme le récidiviste. L'un le manifestera par des pleurs, l'autre par une attitude fanfaronne ou blasée ; mais la perte de liberté n'en est pas moins ressentie comme une atteinte injuste à la vie, quelle que soit la gravité des délits qui l'ont motivée. Peu de réponses peuvent alors être apportées à cette révolte, et moins encore que les autres, le rappel du forfait »* ; ainsi s'exprime un détenu.

Pour quelques-uns, la prison peut représenter un vertige lié à la soif d'inconnu, d'aventure, au romantisme de la solidarité interne au milieu carcéral, au simple besoin d'être pris en compte, d'affronter des regards, si indifférents ou haineux soient-ils, quand la société « libre » paraît pire que la prison : un univers vide d'espoir.

Son rôle dissuasif est particulièrement illusoire à l'égard des jeunes. A l'âge trouble où, rejeté par un système scolaire qui ne sait pointer que vos « échecs », où les emplois proposés, lorsque par chance on en trouve, ne sont que des promesses de grisaille, pourquoi ne pas tenter une expérience nouvelle et se lancer dans la délinquance, comme on le fait dans la drogue ? Un joint suffit, c'est si facile ! Faisons le bilan de ce que notre société propose à la majorité de ses jeunes, nous comprendrons qu'ils puissent fournir un contingent important des détenus, dont les deux tiers ont de dix-huit à trente ans.

Finalement, le rôle dissuasif de la prison n'a guère d'efficacité que sur les quelques « honnêtes gens » tentés de temps à autre par une excursion hors des normes.

Quelle structure sociale pourrait réellement jouer ce rôle ? La réponse est toujours la même : un système éducatif. Un tel objectif peut aider chacun à édifier les défenses intérieures contre toutes les tentations du mépris. L'effet dissuasif apporté par l'éducation ne résulte pas d'une peur, mais d'un regard vrai sur le réseau de nos liens avec les autres.

Réhabiliter

La fonction première de toute collectivité est d'organiser au mieux l'apport des « autres » à chacun. Qu'est-ce qu'une vie humaine, dans une société d'hommes, sinon la liberté de prendre part aux liens, sans cesse à tisser, forces du présent jetées vers le futur, permettant à chacun de se sentir à la fois unique et solidaire de tous, partie prenante, héritier et continuateur de la famille humaine ? Dans un monde où tous, qu'ils le veuillent ou non, sont de fait solidaires, la valeur essentielle pour la survie collective est le respect de chacun.

Il nous faut admettre que tout homme, en toutes circonstances, quels que soient ses forfaits, doit être respecté, comme tous les membres de l'espèce. Barbie, responsable de l'envoi des enfants d'Izieux dans les chambres à gaz d'Auschwitz, a eu droit à un procès conforme à toutes les règles du droit ; il a bénéficié de l'aide d'un avocat. Trouver abjects les actes d'un homme n'empêche pas de le respecter en tant qu'homme. Le sanctionner, c'est aussi le respecter comme tel.

La peine infligée n'est humaine que si elle n'abolit pas ce respect. Or la prison est un lieu de non-respect. Depuis plus de cinquante ans, les rapports sur la réforme des prisons insistent sur la « réhabilitation », sur la nécessité de préparer les détenus à un retour dans la société.

De grands efforts sont faits en ce sens ; de nombreuses personnes de bonne volonté œuvrent de toutes leurs forces pour aider à la réinsertion. Il faut bien constater que le résultat n'est guère à la hauteur de ces efforts. Comment pourrait-il en être autrement ? La structure même du système carcéral impose des rapports entre hommes fondés sur la frustration, la crainte, la haine.

Le détenu croit sauvegarder sa conscience d'exister en se refermant sur lui-même. Codétenu ou surveillant, l'autre est perçu comme un danger. A l'enfermement des murs il ajoute celui du refus des contacts.

Comment imaginer, après une telle cure d'un double isolement, être en état de vivre des rencontres ?

Une peine, si lourde et si méritée soit-elle, ne peut contribuer à la réhabilitation, c'est-à-dire permettre de prendre part aux mécanismes de la société, que si elle laisse place à un projet, donc à l'espoir. Subie comme une sanction méritée, elle doit aussi être une incitation à imaginer un nouveau départ. C'est pourquoi la prison, et *a fortiori* les peines à perpétuité ou les longues peines incompressibles, vont à l'encontre du but recherché. Elle supprime toute influence du comportement sur les événements qui marquent la vie de la personne. Elle fait d'elle une machine à subir. A la sortie, comment s'étonner que l'ex-détenu puisse devenir une machine à faire subir ?

Mais la « réhabilitation » ne concerne pas que le coupable. Son forfait implique l'ensemble de la société. Elle doit s'interroger à ce propos et, éventuellement, engager les transformations nécessaires, être capable de procéder à sa propre « réhabilitation ». Le procès intenté au délinquant n'a pas pour seul objectif de préciser sa peine ; il est l'occasion d'une confrontation entre lui, sa victime et la société. Or, en raison de l'existence même des prisons que nous connaissons, cette fonction est facilement oubliée. Ce fut le cas pour Barbie, autorisé à ne pas participer aux audiences de son procès. La société s'est, de ce fait, privée d'une occasion de réhabilitation collective.

L'existence de la prison détourne le procès de sa véritable fonction. Il s'agit, ou plutôt il devrait s'agir, d'une réflexion de toute la collectivité à l'occasion d'un acte qui met sa cohérence en péril.

Il ne reste souvent que l'attente d'un verdict dont on ne retient qu'un terme, le nombre d'années de prison infligé.

Lorsque le forfait est particulièrement effroyable – viols d'enfants, crimes contre l'humanité –, l'opinion sent bien que la peine, quelle qu'elle soit, ne peut être à la hauteur de l'acte. Depuis la suppression de la peine de mort, les juristes ont cherché en vain des « peines de substitution ». L'impossibilité de les imaginer montre que, dans de tels cas, le problème est moins de punir que d'avoir tous ensemble le courage de regarder sans faux-fuyants ce que des hommes semblables à nous ont pu commettre et pourquoi. Ce n'est pas si facile ; la société française continue encore aujourd'hui, après un demi-siècle, de ne pas oser se dire à elle-même ce qui s'est réellement passé dans la France de Vichy, lorsqu'une chasse à mort a été lancée contre ces « mauvais Français » qu'étaient les juifs, les communistes, les antifascistes.

Si cette réflexion est un jour menée loyalement à son terme, notre collectivité pourra opérer une véritable « réhabilitation ». Nous pourrons enfin proclamer : « Plus jamais ça ! »

Protéger les citoyens

Reste la dernière fonction de la prison : mettre les citoyens à l'abri des méfaits. Une fois le délinquant en prison, il est mis hors d'état de nuire. Les « braves gens » peuvent dormir rassurés. Idéalement, si tous les individus capables de forfait étaient emprisonnés, les honnêtes gens pourraient se promener tranquillement, laissant ouvertes les portes de leur maison. Dans cette optique, on glisse facilement vers la logique du docteur Knock. Mis à part quelques juges ou gardiens en vacances, y aurait-il encore des promeneurs sur les boulevards ?

Le soulagement éprouvé de savoir un bandit bien gardé dans une cellule n'est-il pas essentiellement provisoire ? Pour qu'il soit durable, il faudrait un enfermement définitif. Or le temps de détention prend un jour fin. Dans quel état celui qui vient de passer une longue partie de sa vie derrière les murs est-il remis en liberté ?

Quelles que soient les réformes permettant d'améliorer le fonctionnement des prisons, celui qui en sort reste marqué pour la vie entière. Un ancien détenu écrit : « On ne sort pas de prison, on sort avec elle. »

Toute expérience de vie laisse sa trace. École, mariage, rupture, mort d'un proche, travail, autant d'étapes indélébiles. La prison comporte cette différence : elle prive de l'expérience des autres, fortuite ou mutuellement consentie ; c'est-à-dire de ce qui fait d'un individu un être social, partie prenante de l'humanité. Tout, dans le régime carcéral, tend à déstructurer la personnalité. « Casser » quelqu'un, n'est-ce pas infiniment plus grave que de le priver de liberté ? L'essence de chacun est l'ensemble des liens tissés avec les autres. En prison, ces « autres » ne sont que des gardiens, vus à travers leur fonction, et des détenus, avec lesquels la cohabitation est imposée. Les repères habituels sont perdus ; les fantasmes les plus éloignés de toute réalité deviennent le seul remède à l'obsession d'un quotidien insupportable. Prolongé quelques années, un tel régime risque fort de fabriquer un « handicapé moral », comme le qualifie l'un d'entre eux.

Celui qui sort de prison se ressent souvent, plus encore qu'à son entrée, étranger aux valeurs acceptées par la société. Il éprouve le divorce entre la théorie des valeurs et des bons sentiments, et la pratique des peines infligées en leur nom. Il s'est inscrit dans ce schéma, amputé de son pouvoir d'y intervenir et d'apporter des remèdes : peu de détenus témoignent de leurs conditions de détention.

Lorsqu'ils le souhaitent, que d'obstacles sont dressés pour les en empêcher ! Tout se conjugue pour les faire taire.

Certes, des exemples peuvent être cités d'individus emprisonnés pour lesquels la rupture des liens antérieurs a permis de s'engager dans une vie nouvelle. Tel, entré illettré, est sorti de prison avec des diplômes universitaires. Les journaux mettent en valeur ces réussites du système. Mais, en regard, que de catastrophes définitives ! Combien font l'expérience de l'entrée dans une spirale dont ils ne pourront s'échapper ! Combien de détenus, entrés pour un délit mineur, vivront cette période en s'imprégnant de leur exclusion au point de se mépriser, eux-mêmes se sentant méprisés ? Sortis de prison, ils vivront quelques tentatives de réinsertion, le plus souvent infructueuses, échecs dont ils sortent à nouveau meurtris, se sentant définitivement rejetés. Entre la société et ces hommes, la rupture est consommée. Ils risquent cette fois de commettre des actes plus graves que ce qui a tout déclenché. Croyant se protéger, la société sécrète alors des ennemis plus menaçants encore. La recherche de la sécurité immédiate crée l'insécurité à long terme.

Le pourcentage des récidivistes témoigne du danger de la pratique actuelle : ils représentent près des deux tiers des détenus. Ce constat est aussi ancien que la prison elle-même : l'institution s'auto-justifie et s'auto-entretient. Le trafic de drogue en offre une illustration. Selon l'*International Herald Tribune* (12 janvier 1990), la nouvelle vague de la drogue aux États-Unis nécessiterait 460 000 places supplémentaires, ce qui représente une dépense de 35 milliards de dollars. Mais c'est aussi en prison que bien des délinquants rencontreront ceux qui vont les orienter vers l'usage et le commerce de la drogue.

« Qui vole un œuf vole un bœuf. » Dans la logique de cet adage, celui qui a volé un œuf devrait être condamné comme s'il avait volé un bœuf, et celui qui a volé un bœuf comme s'il avait volé un troupeau et, pourquoi pas, assassiné le berger ! Un mécanisme aussi pervers ne peut être éliminé que par deux attitudes : ou bien considérer toute peine de prison comme une peine « à perpétuité », ou bien trouver d'autres moyens pour protéger les citoyens.

La première solution a pour elle le mérite de l'efficacité. Elle représente un renoncement à tout ce qui fait une société civilisée. Comment alors protéger autrement ?

Protéger sans aveugler

A l'évidence, dans toute société humaine un peu nombreuse, on trouve des personnages dangereux pour autrui ou pour la collectivité. Les laisser circuler en liberté représente un risque grave auquel il faut faire face. L'objet n'est pas ici de situer les causes et les responsabilités de délits, mais de tirer les conséquences d'un constat.

Il importe avant tout d'évaluer l'importance réelle de cette menace. Ce que les juristes appellent « crime » correspond à moins de 7 % de l'ensemble des condamnations prononcées en France. Mais ce terme recouvre des délits très divers dont certains ne mettent personne en danger ; ainsi, le fait d'être plus de sept à commettre un cambriolage transforme ce « délit » en « crime ». Les véritables crimes, au sens commun du mot – meurtres, viols, attentats à main armée –, représentent moins de 5 % des condamnations. Protéger la société d'individus que l'on peut cataloguer comme évidemment dangereux signifie donc la prise en compte de moins de trois mille ou quatre mille cas. Le problème à résoudre est d'une tout autre dimension que celui auquel est confronté le système carcéral actuel. A l'automatisme d'une peine de prison pourrait se substituer un ensemble de mesures adaptées à chaque situation.

Nombre de ceux que l'on peut considérer comme des dangers potentiels se trouvent dans la zone bien mal délimitée de l'« anormalité », physiologique ou psychologique. Le violeur d'enfants est la proie de pulsions dont les causes ne sont guère définissables. Déséquilibre biologique ou séquelles de traumatismes d'enfance, qui le sait ? Il est souvent conscient de cette dépendance et prêt à accepter les mesures qui le mettront hors d'état de nuire. Les établissements ayant à prendre en charge de tels cas sont à la charnière entre le médical et le répressif.

Cette voie n'est pas sans dangers. Partant de l'idée que l'individu ne représente que le produit d'une société, certains n'hésitent pas, parfois avec les meilleures intentions, à proposer la mise en place de véritables « laboratoires » dans lesquels les criminels dangereux seraient internés. Tout en délivrant le corps social de la menace qu'ils représentent, la science bénéficierait ainsi d'un sujet d'étude. Travaillant sur le cas de ces individus « produits » par la société, les spécialistes des diverses disciplines mettraient en commun leurs réflexions et leurs connaissances pour rechercher les causes de leur passage à l'acte. Pour soutenir cette thèse, certains s'appuient sur l'exemple des hôpitaux, devenus des lieux d'expérimentation dans lesquels des maladies jusqu'alors mortelles ont pu être guéries, alors qu'ils représentaient à l'origine de simples mouroirs. De même, au cours des siècles prochains, les prisons où s'accumulent ceux que la société refoule feraient place à des centres d'études. Ainsi seraient isolées et définies les causes individuelles de révolte capables de produire tant de haine qu'il n'est d'autre solution, pour la société, que de « mettre hors d'état de nuire ». Tout comme les malades dont l'état est considéré comme désespéré peuvent représenter un terrain d'expérimentation permettant de réaliser des progrès thérapeutiques, les délinquants jugés irrécupérables par un comportement hautement qualifié comme source de dangers pourraient être à l'origine de progrès dans l'organisation sociale.

Le risque est grand, dans cette voie, d'une véritable déresponsabilisation de l'individu ; son acte n'est plus que l'aboutissement d'un processus, biologique ou social, sur lequel il n'avait aucune prise. Le regard porté sur les hommes est alors semblable à celui du contrôleur de qualité à la sortie d'une chaîne de fabrication ; il repère les produits non conformes, analyse leurs défauts pour améliorer le cycle de production, et les met au rebut.

Les hommes sont certes influencés par leur dotation génétique et par la société qui les environne, mais leur spécificité est de garder, dans les pires circonstances, une possibilité de choix. Que la société s'efforce de chercher dans son propre fonctionnement les causes d'un acte individuel délictueux n'implique pas qu'elle n'ait pas de comptes à demander à son auteur. La société et le délinquant doivent faire face à la nécessité de se savoir l'un et l'autre responsables.

Dans le même ordre d'idées, certains partant du fait que la prison est non seulement une contrainte par corps mais aussi une suppression de toutes les libertés imaginent une solution moins lourde et moins coûteuse. Pourquoi, de même que de nombreux dauphins ou rhinocéros sont actuellement suivis par ordinateur au moyen d'un émetteur déclenchant l'alarme s'ils disparaissaient des écrans, ne pas inventer des procédés semblables pour contraindre un condamné à ne pas quitter telle zone où il est assigné à résidence par décision de justice ? L'infamie représentée par le port d'un « mouchard » est moins grande, disent-ils, que la prison. D'autant que rien n'empêche de garder secret ledit mouchard.

Cette solution a l'avantage de limiter la perte de liberté à ce qui a été infligé et de diminuer le coût de la peine supporté par la société. Elle peut paraître tentante. En fait, elle va à l'encontre du but poursuivi par la justice, car elle conforte l'hypocrisie de l'ordre établi. Punir en catimini, c'est ôter à la peine sa fonction dans l'évolution de l'ordre social, c'est enlever aux citoyens leur droit de regard sur la justice.

Malgré leur apparence technique, ces deux propositions – faire du système carcéral un terrain pour scientifiques, protéger la société à son insu – mèneraient, au mieux, à des impasses, car elles sont fondées sur l'oubli, sur l'aveuglement collectif, et fondamentalement sur le non-respect de l'homme.

Juger et punir autrement

La première exigence à imposer au système répressif est d'être présent au cœur de la société, totalement visible de tous. Cela suppose une justice qui s'efforce de rétablir les dialogues rompus, et des peines tournées vers la construction d'un avenir où chacun trouve sa place.

Rétablir le dialogue.

Lorsqu'un juge prononce aujourd'hui une peine

de prison, il a rarement l'intention et la croyance de rééduquer le délinquant. Lors du jugement, il n'est guère demandé au prévenu de comprendre ; il n'est qu'un objet. L'affaire est surtout un monologue où le juge donne sa version des faits, ne laissant qu'une brève prise de parole à l'intéressé. Confrontation singulièrement inégale. Le recours aux peines de substitution suppose au contraire que le débat entre le contrevenant et la justice ait été mené à son terme, avec un double objectif : faire comprendre à celui qui a enfreint la loi la gravité de son acte, engager un processus de rapprochement entre celui-ci et sa victime.

Dans certaines sociétés africaines, le Conseil des anciens réunit tout le village concerné par un acte commis. Il s'agit d'une petite unité. Pourquoi, dans un quartier, ne pas inviter les parties concernées à se réunir pour chercher une manière de réparer un préjudice commis ? Le jeune qui vient de voler son quinzième autoradio bénéficierait d'un réel apport de la part d'une société qui lui ferait rencontrer les quinze personnes qu'il a volées. S'il avait à répondre, confronté à la réaction des victimes, dans un dialogue établi, à la question : « Comment envisages-tu la réparation ? », la justice remplirait son rôle social dans le respect de chacun.

Le premier réflexe des victimes est de chercher à

rencontrer l'auteur de leur préjudice pour comprendre comment il a pu commettre son acte et surtout pourquoi.

Des institutions allant dans ce sens commencent à voir le jour ; des « maisons de justice » ont été créées, au cœur de certaines cités de banlieue ; elles contribuent à rapprocher la justice des citoyens. Cet effort peut être poursuivi tout en gardant un noyau central assurant la cohésion et garantissant un contrôle. Des services judiciaires de proximité peuvent dès maintenant être mis en place. Ils faciliteraient la rencontre entre la victime et l'agresseur, transformant leurs rapports. Cette confrontation indispensable a lieu actuellement dans le cadre d'un procès, avec toute la distance imposée par une scénographie digne de Daumier ; ce qui rend impossible une véritable rencontre. Certes, pour certaines agressions graves, la victime peut préférer ne pas se trouver face à face avec son agresseur ; ces situations sont beaucoup moins fréquentes qu'on ne le pense.

La réparation morale souhaitée par la victime connaît un début de réalisation dans le dialogue avec l'agresseur. Quant à celui-ci, il est contraint de mesurer la douleur qu'il a infligée. L'obliger à affronter cette rencontre peut contribuer à dégager une solution conforme au respect de chacun, en s'efforçant d'engager l'avenir et de dépasser l'obsession des actes passés. Ce dialogue est sans doute difficile ; le refuser, c'est en avoir peur ; c'est démissionner de son rôle d'homme. Une impulsion en ce sens permettrait à la justice de mieux remplir sa fonction : apporter une réponse constructive à un acte commis contre la loi commune.

Définir les peines de substitution.

La crise actuelle du système carcéral de plus en plus engorgé est le signe de l'enfoncement dans l'impasse du non-dialogue, de la fermeture, de la répression. Nombreux sont les magistrats conscients de la nécessité d'apporter une réponse autre à la délinquance. Ils savent que, pour éviter la mise en place de justices parallèles, personnelles et expéditives, il faut bien recourir à la sanction ; mais l'alternative de l'amende ou de la prison est trop limitée. Et surtout, les conditions dans lesquelles est prise la décision de sanction empêchent celle-ci de jouer son vrai rôle.

La seule fonction des actuelles prisons qui ne soit pas totalement illusoire serait la protection des citoyens. Mais elle n'intervient en aucune façon pour 95 % des détenus, qui ne représentent pas un réel danger pour leurs concitoyens. Parmi les 5 % restants, une bonne moitié sont devenus des personnages inquiétants à la suite d'un emprisonnement antérieur pour un délit mineur. Depuis la création des prisons, il y a deux siècles, les preuves s'accumulent ; l'enfermement accroît le taux de récidive et coûte à la société bien plus qu'il n'apporte.

Un mouvement se dessine en faveur des peines de substitution, telles que des travaux d'intérêt général (les TIG). Une impulsion plus marquée dans cette voie amènerait dès maintenant le « sens commun » à revoir bien des idées reçues.

Ces peines de substitution supposent à la fois un encadrement, des tâches à faire effectuer pour la collectivité et la participation volontaire de celui à qui on les propose.

Quant aux individus hautement dangereux, il est possible de les mettre hors d'état de nuire dans des établissements où la société se protège tout en s'efforçant de les soigner et de les aider à reprendre pied dans la vie commune. Le nombre relativement limité de tels cas permet de traiter chacun d'eux en particulier. Quel que soit le nom donné à ces structures, l'important est de ne pas y oublier ceux qui y sont envoyés, comme c'est trop souvent le cas des détenus qui purgent aujourd'hui des peines de longue durée, ou de malades, détenus dans les hôpitaux psychiatriques.

Ces établissements doivent être connus de tous et non confinés aux fins fonds d'un désert ou d'une forêt. La société doit rester confrontée à tous les aspects de cette réalité, garder conscience de son caractère imparfait, et se vivre comme susceptible d'évolution. Il ne s'agit en aucun cas de considérer comme définitivement établie la rupture entre un homme et le corps social.

9

Une société sans prisons

Face à certaines maladies, les médecins ont à leur disposition des moyens bénéfiques dans l'immédiat, mais qui, à terme, détruisent l'organisme. Leur amertume devant cette impuissance les pousse à mettre au point d'autres techniques ; leurs échecs sont le moteur de la recherche. Les premières tentatives effectuées pour soigner le cancer par la radioactivité nous le rappellent : il a fallu de longues années avant que l'on sache limiter la destruction dramatique des cellules saines.

Les moyens utilisés pour résoudre certains problèmes de société répondent souvent à une question immédiate en créant pour l'avenir des problèmes plus graves encore. La prison permet de punir de petits délinquants, elle en fait souvent de futurs grands délinquants ; croyant empêcher de nuire des individus dangereux, elle rend parfois dangereux ceux qui les côtoient.

Les échecs médicaux incitent à la recherche d'autres techniques. Les échecs sociaux semblent acceptés comme une fatalité. Notre société ne se fait guère d'illusions sur l'efficacité de l'enfermement, mais elle continue à agir comme s'il était la seule réponse possible. Elle s'abandonne à la succession des causes et des effets : délinquance-répression-délinquance, et ne trouve d'autre mesure concrète que la multiplication des prisons.

Le vrai problème est de sortir de ce cercle vicieux, ou plutôt de cette spirale vicieuse.

*

Une société sans prisons est un bel objectif, mais ce n'est qu'un vœu pieux si les voies pour y parvenir ne sont pas sinon tracées, du moins esquissées. A la question : par quoi remplacer la prison ? les réponses sont bien insuffisantes et imparfaites ; pis, certaines des propositions parfois avancées peuvent faire le lit d'une société totalitaire, conduisant à des excès dramatiques quand le désir d'ordre efface le besoin de liberté et la conscience de la responsabilité.

Une société sans prisons ne peut être qu'une société qui n'a pas besoin de prisons.

Or la nôtre est orientée de telle façon que ce

besoin est réel. Fondée sur la compétition, entre individus ou entre collectivités, mesurant la « valeur » de toute chose en argent, utilisant comme moteur l'inégalité entre les hommes, acceptant l'exploitation des uns au profit des autres, proclamant hypocritement des droits qu'elle bafoue quotidiennement (ainsi en France, aujourd'hui, le droit au logement ou le droit au travail), présentant cyniquement aux jeunes comme l'idéal d'une vie, celle d'un « gagnant », cette société ne peut se passer de prisons. Elle-même est trop souvent ressentie comme un mécanisme d'assujettissement, d'enfermement.

La prison est un miroir. Notre société n'aime pas s'y regarder ; il est pourtant fidèle. Ce n'est pas en le brisant que l'on supprimera ce qu'il reflète. La prison est un des nœuds où causes et effets sont étroitement imbriqués. Dans le fonctionnement d'une société, ces causes et ces effets ne s'enchaînent pas de façon linéaire ; ils interagissent dans des processus complexes de boucles, de rétroactions, d'enchevêtrements. La prison est à la fois une conséquence de notre système social et une cause de son enlisement dans la violence. En cherchant à enfermer la délinquance, on l'entretient et on ne parvient plus à la maîtriser.

Au cœur du problème posé par les prisons se

trouve le rôle joué dans notre société par la violence. Cette violence est l'expression d'antagonismes qu'il faut analyser pour pouvoir les résoudre, les dépasser. Il faut surtout ne pas limiter le constat aux violences individuelles : la violence collective, insidieuse, sournoise, est un processus plus dangereux encore. La seconde est souvent à la source de la première. Comment, trop souvent, répondre à l'exclusion subie, sinon par un acte de violence désespéré ?

Rompre cet engrenage ne peut être le résultat de réformes ponctuelles. Une réflexion politique débouchant sur une redéfinition des objectifs de notre société doit être conduite. Il ne suffit pas d'une réforme pénale. La logique dans laquelle s'inscrivent les hommes et les femmes formant notre société est en question.

La disparition des prisons ne peut qu'être l'aboutissement d'une profonde transformation impliquant notre conception de la faute, de la peine, de la sanction, et surtout de la place que nous attribuons à chacun dans le fonctionnement d'une collectivité humaine.

Le rôle premier de cette collectivité est de permettre à toute « promesse d'homme » de devenir un homme grâce à des échanges aussi libres que possible. Cette tâche ne se limite pas à l'enfance ;

elle embrasse toute une vie humaine. Oubliant cet objectif, nous avons construit une société dont l'efficacité repose sur la compétition et l'exclusion des vaincus ; elle n'est pour la majorité qu'un lieu d'enfermement ; elle génère la violence. Le système carcéral en est un modèle réduit.

Si nous décidons de renouer avec la raison d'être d'une société d'hommes et de femmes, avec sa vocation humaine, cette structure ne peut qu'être transformée.

La tâche est urgente. L'opinion générale reste aujourd'hui marquée par un discours sécuritaire constamment ressassé. Rendue aveugle et sourde, elle ignore une violence souvent plus inhumaine que les crimes réprimés en son nom. La nécessité d'une information suffisante s'impose pour permettre un débat ouvert sur la justice et ses appareils, allant jusqu'à une véritable « mise à plat » des peines et de ce qu'elles impliquent ; n'esquivant ni les contradictions entre théorie et réalité ni les aspects pervers auxquels elles aboutissent.

Prôner abruptement la fin des prisons sans interroger l'ensemble des modes de fonctionnement de nos institutions et, avant tout, leurs objectifs serait pure démagogie. La question essentielle est de savoir quelle dynamique conduit à l'existence des prisons. Il ne s'agit pas plus, nous l'avons vu, d'un élan d'humanité que d'un processus d'humanisation.

N'imaginons pas seulement une société sans prisons, mais une société sans violence, une société de justice, donc de respect de chacun. Notre société de compétition prétend convaincre les uns qu'ils sont « supérieurs », les autres qu'ils ne sont pas « à la hauteur » pour faire accepter leur exclusion. Elle assure ainsi sa pérennité.

Une société humaine ne vit qu'en élevant chacun à sa dignité d'homme. Elle reconnaît à chacun cette dignité de la naissance à la mort.

La vie est faite de transformations et d'inédit. Pour les autres espèces, l'avenir est subi. Nous avons le privilège d'être capables de le choisir. Vivant au présent, nous préparons l'avenir. A nous de le construire en consacrant nos forces à inventer une société digne de toute promesse d'homme.

Table

Du même auteur

AUX MÊMES ÉDITIONS

Éloge de la différence
coll. «Points Sciences», 1981

Moi et les Autres
coll. «Point-Virgule», 1983

Au péril de la science ?
coll. «Points Sciences», 1984

L'Héritage de la liberté
coll. «Science ouverte», 1986
coll. «Points Sciences», 1991

Cinq Milliards d'hommes dans un vaisseau
coll. «Point-Virgule», 1987

Abécédaire de l'ambiguïté
coll. «Point-Virgule», 1989

Moi je viens d'où ?
coll. «Petit Point», 1989

C'est quoi l'intelligence ?
coll. «Petit Point», 1989

Voici le temps du monde fini
1991
coll. «Points Essais», 1993

E = CM2
coll. «Petit Point», 1993

CHEZ D'AUTRES ÉDITEURS

Structure génétique des populations
Masson, 1970

Les Probabilités
PUF, 1974

The Genetic Structure of Population
Springer, New York, 1974

Génétique des populations humaines
PUF, 1974

L'Étude des isolats. Espoirs et limites
(sous la direction d'A. Jacquard)
PUF-INED, 1976

Concepts en génétique des populations
Masson, 1977

Inventer l'homme
Éd. Complexe, Bruxelles, 1984

Les scientifiques parlent...
(sous la direction d'A. Jacquard)
Hachette, coll. «La force des idées», 1987

Idées vécues
(en collaboration avec Hélène Amblard)
Flammarion, 1989

Tous pareils, tous différents
(en collaboration avec Jean-Marie Poissenot)
Nathan, 1991

La Légende de la vie
Flammarion, 1992

RÉALISATION : ATELIER PAO ÉDITIONS DU SEUIL
IMPRESSION : IMPRIMERIE BRODARD ET TAUPIN À LA FLÈCHE
DÉPÔT LÉGAL : FÉVRIER 1993. N° 12233-2 (6100H-5)

Collection Points

SÉRIE POINT-VIRGULE

DERNIERS TITRES PARUS

V100. Papa et maman sont morts, *par Gilles Paris*
V101. Les écrivains sont dans leur assiette, *par Salim Jay*
V102. Que sais-je ? Rien, *par Karl Zéro*
V103. L'Ouilla, *par Claude Duneton*
V104. Le Déchiros, *par Pierre Merle*
V105. Petite Histoire de la langue, *par Pozner et Desclozeaux*
V106. Hannah et ses Sœurs, *par Woody Allen*
V107. Les Marx Brothers ont la parole, *par Robert Benayoun*
V108. La Folie sans peine, *par Didier Raymond*
V109. Le Dessin d'humour, *par Michel Ragon*
V110. Le Courrier des lettres, *par Roland Topor*
V111. L'Affiche de A à Z, *par Savignac*
V112. Une enfance ordinaire, *par Claude Menuet (Massin)*
V113. Continuo, *par Massin*
V114. L'Ilet-aux-Vents, *par Azouz Begag*
V115. J'aime beaucoup ce que vous faites *par Antoine de Caunes et Albert Algoud*
V116. Œil de verre, jambe de bois, *par Albert Algoud*
V117. Bob Marley, *par Stephen Davis*
V118. Il faudra bien te couvrir, *par Howard Buten*
V119. Petites Drôleries et Autres Méchancetés sans importance *par Guy Bedos*
V120. Enfances vendéennes, *par Michel Ragon*
V121. Amour, toujours !, *par l'Abbé Pierre*
V122. J'espérons que je m'en sortira, *par Marcello D'Orta*
V123. Petit Dictionnaire des chiffres en toutes lettres *par Pierre Rézeau*
V124. Un monde sans prisons ?, *par Albert Jacquard*
V125. Tout à fait, Jean-Michel ! *par Thierry Roland et Jean-Michel Larqué*
V126. Le Pensionnaire, *par Claude Menuet (Massin)*
V127. Le Petit Livre des instruments de musique *par Dan Franck*
V128. Crac ! Boum ! Hue !, *par Béatrice Le Métayer*
V129. Bon chic chroniques, *par Caroline Loeb*
V130. L'Éducation de Bibi l'Infante *par Agnès Rosenstiehl*